Un rêve. Un désir. Une nécessité.
Nombreux souhaitent la décrocher.
Mais l'étoile coûte cher…

Il m'aura fallu conclure des pactes, subir des blessures, des ruptures, des humiliations, une dépression et traverser tout une galaxie de péripéties pour en faire l'acquisition.

Au fil de ces lignes, vous découvrirez les secrets de ma vie, mais je vais surtout vous expliquer comment j'ai fait pour me relever, me reconstruire et apprendre à briller de nouveau.

L'obtention du statut d'étoile correspond à l'assurance d'une vie plus agréable, puisqu'une fois là-haut, intouchable et rayonnant, rien ne peut nous arriver. Du moins, c'est ce que j'ai longtemps cru…

« Vivre, c'est risqué,
Vivre, c'est risquer. »
Sonia, ma psy

ÉCHAUFFEMENTS

Préambule du cours de danse.

Entre terres arables, prairies et forêts, c'est à Fussy, un village de la diagonale du vide, que je pousse mon premier cri. Enfant hyperactif, en quête d'action, de vibration et de lumière, ma réalité diffère rapidement de mes souhaits en tout point.

Mon quotidien se résume à me lever, aller à l'école, suivre les cours du matin, jouer au foot à la récréation, rentrer déjeuner, repartir à l'école, suivre les cours de l'après-midi, rentrer pour un copieux quatre-heures, enchaîner les devoirs et quelques jeux avec mon jeune frère Thibaut dans le jardin, dîner, dormir… et rebelote le lendemain.

Même si j'en avais honte, je peux vous confesser aujourd'hui que l'envie de me nourrir de vives émotions était alors si forte qu'il me tardait de découvrir l'effet qu'auraient sur moi une blessure, un divorce ou un décès… Un besoin irrépressible d'être soumis de plein fouet à la gravité de la vie pour espérer recevoir en retour compassion et attention. Vibrer pour vivre.

Alors que je suis encore très jeune, dans ma tête, à cent à l'heure, les envies se bousculent. Je me rêve tour à tour acteur, cascadeur ou kick-boxeur professionnel. Pour mes parents, c'est rédhibitoire : « Financièrement, ces métiers sont trop incertains. Trouve autre chose. »

Je fais donc le choix étrange de me tourner vers une discipline à laquelle je n'avais initialement aucune envie de me plier : la danse classique. Un art non seulement pratiqué principalement par des filles, quand je ne jure que par ma bande de copains et que j'ignore tout de la gent féminine, mais une activité surtout qui vampirise ma mère : elle lui consacre tout ce précieux temps que je voudrais passer avec elle… Oui, ma mère est professeure de danse.

Les débuts sont peu concluants.

Entravé par un collant trop serré, contraint de rester accroché à une barre, abattu par une musique classique mortifère, je vis ma première heure de danse comme l'expérience la plus douloureuse de toute ma vie. Mis à part pour que j'y répète face au miroir les enchaînements de kick-boxing découverts avec Jean-Claude Van Damme à la télé, le studio de danse ne me reverra pas de sitôt…

Jusqu'au jour où s'en échappent des sons de basse et de synthé. C'est la musique électro qui me convainc alors de retenter l'expérience : coup de cœur immédiat pour le modern jazz ! Libre de mes mouvements, plus obligé de me tenir droit comme un piquet, je peux enfin me défouler. Dans l'ambiance plus décontractée de ces cours, je fais même mes premières rencontres amoureuses, sous l'œil avisé de ma mère qui, pour m'épargner les râteaux, souffle à mes chastes oreilles les prénoms de celles qui me dévisagent pendant le cours. Confiant, il ne me reste alors plus qu'à choisir : un véritable petit coq dans sa basse-cour.

Mais en danse comme en sport individuel, les coqs et les poules n'ont guère le loisir de caqueter. En l'absence de paroles, la première chose que l'on observe chez le danseur comme chez le sportif, c'est son apparence : je comprends rapidement qu'il va falloir prendre soin de mon plumage et sauter très haut pour être au top du poulailler.

Pour m'aider à faire mes premières armes en la matière, qui de mieux placé que ma mère pour me conseiller ? Après avoir lu avec attention les échanges épistolaires que j'entretiens avec mes prétendantes, elle m'explique patiemment comment leur répondre et me comporter avec elles. Elle devient à la fois mon éducatrice sentimentale et ma *wingwoman*[1], celle sur qui je peux compter en toute occasion… Malgré l'amour immense que je lui porte, il m'arrive d'aller à l'encontre de ce qu'elle m'ordonne de faire. Je me souviens de ce jour où, dans l'un de ses cours, elle m'a rappelé à l'ordre de sa voix stridente : « François, je n'en peux plus, tu n'écoutes rien. Remonte tout de suite dans ta chambre ! » (oui, ma chambre n'était qu'à douze marches du studio de danse : situation géographique aussi pratique que préjudiciable…), me faisant immédiatement passer pour un bébé auprès de cette jolie danseuse avec qui je venais de converser pendant cinq minutes, au beau milieu du cours de danse, certes…

Bref, deuxième échec : la danse et moi, ça ne fonctionne pas.

---

1. Qui signifie « ailier », « équipier ». On parle habituellement de *wingman* pour désigner, notamment en boîte de nuit, un homme qui aide son ami·e à conclure une affaire de cœur.

Pourtant, mon avenir bascule quelques jours plus tard, sous forme d'une troisième chance.

Affalé dans le canapé comme tous les mercredis après-midi, alors que je dévore un pain au lait avec du fromage fondu tout en regardant le dessin animé *Pokemon* à la télévision, ma grand-mère maternelle vient nous rendre visite et me propose de visionner un documentaire qu'elle a pris soin d'enregistrer pour moi. Elle glisse la cassette VHS dans le magnétoscope familial et je découvre l'artiste flamboyant, danseur étoile et directeur de l'Opéra de Paris, Patrick Dupond : révélation fulgurante ! Cet artiste qui sillonne le monde pour incarner sur scène, sous mes yeux éblouis, une multitude de personnages, tournoie à la vitesse de la lumière et bondit si haut qu'il termine sa course dans les cintres de la machinerie. Le public applaudit à tout rompre. Je viens de trouver le parfait alliage de ce dont je rêvais : mouvements, émotions, reconnaissance.

Guidé par mon innocence enfantine et soutenu par ma famille, séduit par la vie trépidante de cette personnalité, à mon tour, je rêve d'endosser une carrière de danseur étoile. La marche à suivre me sera même livrée dans un documentaire sur l'école de danse de l'Opéra de Paris qui succède au spectacle sur la cassette vidéo. Une excellente stratégie de recrutement pour cette institution qui me séduit aussitôt.

Je décide de présenter le concours.

Première position

Cette position de base du danseur classique où les talons, les mollets et les cuisses sont joints s'avère particulièrement contraignante.

À dix ans, reçu à l'école de danse de l'Opéra national de Paris, je quitte ma famille, mon école et mes habitudes, direction Nanterre-Préfecture pour cinq jours d'internat par semaine.

Le rythme est effréné : réveil à 6 h 45, études scolaires traditionnelles de 8 heures à midi, puis, après le déjeuner, de 13 h 30 à 18 h 30, cours de danse, apprentissage de l'histoire de la danse, de l'anatomie, de la comédie musicale, du théâtre, du mime. Après le dîner, il faut encore s'atteler aux devoirs scolaires avant de réattaquer la même journée le lendemain.

On pourrait penser que cela requiert énormément de rigueur et de discipline. Non. Je n'ai juste pas le choix ; tout le monde peine au travail, c'est normal... Du moins, c'est ce dont je suis convaincu à l'époque. Et puis, je n'ai pas envie de me faire détester des profs de danse ni de l'administration, alors, pour éviter tout conflit, j'essaie de rester à ma place et d'exécuter les ordres.

Mon manque d'expérience et ma naïveté m'empêchent encore de comprendre que l'obéissance est la meilleure façon de ne jamais vivre une existence extraordinaire.

Heureusement, dès mon premier cours de danse, un professeur change mon comportement à tout jamais, en prononçant simplement cette phrase : « À partir de maintenant, oubliez tout ce que vous avez appris… » Ce message conditionnera d'ailleurs mon rapport aux institutions : dans l'opposition !

Éprouvée par ce brutal coup de burin de l'autorité, la confiance que j'étais prêt à placer en mes professeurs vient de voler en éclats. Les bris d'envie de travailler sous les ordres d'un supérieur jonchaient le plancher du studio de danse.

L'injonction maladroite de ce professeur revient à me demander de désapprendre les fondamentaux de la danse enseignés par ma mère, et donc à l'oublier : elle, qui est la personne la plus importante au monde, celle que j'aime plus que toute autre, il est absolument hors de question de la jeter aux oubliettes ! C'est dire combien une seule phrase peut contenir plus de sens que de lettres qui la composent… surtout si elle est avancée d'autorité, sans argumentation sensée.

*

Chaque dimanche à 16 heures, mon père et moi chargeons ma valise et mon cartable dans le coffre pour mettre le cap vers Nanterre. Pendant le premier quart d'heure de ces trois heures et demie de route, l'excès de bienveillance de mon père le pousse à revenir sur des sujets assez anxiogènes, comme mes devoirs à venir, la concurrence en matière de danse avec mes camarades ou encore mon rapport avec les professeurs. Une fois libéré de ces angoisses, mon super père anime le voyage avec des jeux : devinettes, projections imaginaires exaltantes, blagues, le tout entrecoupé d'informations sur sa passion pour les animaux, les végétaux ou encore le vélo ! Ces instants précieux restent imperméables à toute forme de tristesse, qui pourtant n'attend que de s'infiltrer, à la moindre ouverture de la fenêtre du silence. Ce sont nos plus beaux moments de complicité.

Après m'avoir déposé à l'internat, courageusement, mon père reprend la route. Le coffre vide et le ventre rempli de tristesse.

Aujourd'hui, je tiens à lui exprimer ma gratitude pour l'amour et le dévouement dont il faisait preuve chaque fin de semaine, sachant qu'après sept heures de trajet aller-retour chaque dimanche, son réveil sonnait à 5 h 45 le lendemain matin.

Une fois retrouvée la chambre que je partage avec deux autres élèves à l'internat, mon premier réflexe consiste à ouvrir ma valise pour y découvrir, glissée entre deux tee-shirts, une petite lettre contenant des lignes d'amour maternel et de motivation, le tout enveloppé dans un foulard parfumé que je renifle comme un cocaïnomane.

Pendant deux ans, je lis et relis chaque soir ses mots, à l'abri des yeux espions de mes camarades, en pleurant de ne pas être à ses côtés.

Seul réconfort pendant la semaine, la carte téléphonique qui me permet de discuter avec mes parents. Une fois le combiné raccroché, les dix gamins qui font la queue derrière moi sont au courant de l'intégralité de ma vie. Aucune intimité.

Ma peine pèse dans mes échanges avec eux. Ils me proposent même à plusieurs reprises de quitter l'institution. Malgré ce pieu planté dans mon cœur, hors de question pour moi d'abandonner. Je sens qu'une vie exaltante m'attend si je surmonte ces instants douloureux…

C'est l'un des plus gros sacrifices que j'aie eu à faire pour changer de vie. Vingt ans plus tard, je sais que ça en valait la peine.

Je m'accroche, je surmonte cette difficulté et je finis chaque année major de promotion pendant six ans. J'aurais dû être l'enfant le plus heureux du monde, pourtant à l'intérieur, le malheur me gagne. Je me sens seul et triste, surtout quand je ne danse pas.

Les places sont si chères dans cette école de danse reconnue et valorisée pour son élitisme que tous les coups sont permis quand il s'agit de sauver sa peau : chaque année, les moins bons élèves sont renvoyés, alors chacun fait comme il peut pour s'en sortir, qu'importe son âge.

*

En cours, je suis contraint pendant des heures de rester figé, assis sur une chaise. L'absence de mouvement plombe mon corps autant que mon esprit. Peu captivé par les paroles des professeurs, traversé par une sensation de mal-être, prêt à s'enfuir, mon esprit divague. Après quelques minutes de déconnexion, je me ressaisis et raccroche avec le réel. Soudain, une question me vient à l'esprit. Alors je la pose, naïvement. En réponse, le fouet des rires moqueurs des élèves me lacère le cœur. La douleur s'amplifie quand, d'un ton réprobateur, le professeur m'explique qu'il a donné la réponse à ma question cinq minutes plus tôt, pile pendant ma rêverie. Ses propos désagréables me confortent dans l'idée que je suis idiot. Convaincu d'être condamné à la bêtise, j'assiste, impuissant, à la naissance de mes premières limitations mentales.

Plus tard, je comprendrai que c'est grâce à cette première (horrible) sensation d'humiliation que j'ai ensuite trouvé la force, chaque jour, de me battre pour créer et avancer. Grâce à la thérapie, je prends conscience que ce « manque de concentration » est autant une faiblesse qu'un atout.

Traversé par une multitude de tsunamis d'émotions, le capitaine de mon navire mental est bringuebalé en permanence. Il est projeté au sol, et les intempéries émotionnelles prennent possession du gouvernail, entraînant des difficultés de concentration, d'écoute, de confiance. Avec l'aide de ma chère psy, j'essaie aujourd'hui de mettre en place un système de contrôle émotionnel qui me permette de vivre ces oscillations plus confortablement. Au moment de l'impact, afin d'éviter que le flux d'émotions ne se répande et contamine tout mon système, je parviens parfois péniblement à analyser en direct ce que je ressens et à tempérer les dégâts potentiels. Si l'on prend la colère, par exemple : au lieu de hurler sur quelqu'un, je m'efforce de lui dire calmement que je suis hors de moi.

Mais à cette époque, je n'ai pas la moindre idée de la façon dont tout cela fonctionne. Sans aucun mot pour comprendre ce qui me tourmente ni la moindre parade, je ne peux que subir les piques qui affluent de plus belle le reste de la journée.

Pendant le temps des récréations, des humiliations sont régulièrement organisées par certains de mes camarades. Lorsqu'un jour je tente de participer à une conversation, alimentant avec maladresse le récit que vient de faire mon camarade, je me heurte au silence de tous ces petits garçons qui me fixent pendant de longues secondes avant d'éclater de rire à gorge déployée. Hilares, ils me traitent de con. En quelques secondes, ces ricanements font exploser en mille morceaux ma confiance en moi. En plus de me sentir rejeté, différent, je me sens stupide et démuni.

C'est à peu près ainsi que je traverse la totalité de mes semaines à l'école de danse. Plus tard, ces moqueries s'avéreront être une bénédiction... une véritable raison de me dépasser et d'arriver au sommet. Mais à cet instant précis, je commence tout juste à prendre conscience que, même si je suis major de promotion, bienveillant et volontaire, des retours de bâton affecteront inéluctablement mon histoire.

Pour couronner le tout, je n'intéresse aucune fille, à l'Opéra. Il faut dire que, privé de ma conseillère maternelle, les résultats ne pouvaient que s'effondrer. Le coq se retrouve rétrogradé au rang de vulgaire petit poulet...

Paradoxalement, les week-ends ne sont pas plus doux. Lorsque je retrouve mes parents, au lieu de rester avec eux, je passe mon temps au studio de danse ou dans le jardin à m'entraîner, seul. Ma mère m'encourage à retrouver mes anciens copains mais je n'ai plus envie de les voir. Pour quoi faire ? Flâner, rencontrer du monde et se raconter des banalités ? Aucun intérêt. Je me trouve égoïste de ne pas faire l'effort d'aller vers les autres et de les écouter, la culpabilité me ronge, mais mon temps me paraît trop précieux pour le dépenser ailleurs que dans la danse.

Sans ces heures d'entraînement intense, sans ces milliers de répétitions du même mouvement, impossible d'atteindre mes objectifs. Tout est une question de priorité. C'est ma conviction. J'ai compris plus tard que les rencontres et les échanges, même avec une personne à qui nous ne portons d'abord pas un grand intérêt, peuvent se révéler constructifs si nous prenons le temps de poser les bonnes questions et d'écouter attentivement les réponses.

J'ai à nouveau pu le mesurer récemment, à l'occasion d'une intense période de travail. Plusieurs projets venaient de tomber les uns après les autres. Fatigué et stressé, j'ai décidé de passer quelques jours chez mes parents où j'étais censé me reposer… Afin de la remercier pour les chocolats qu'elle nous avait offerts, j'ai accompagné un matin mon frère chez Linette, la nourrice de mon enfance. Incapable d'arrêter totalement de travailler sans culpabiliser, c'était un peu à contrecœur que j'allais lui rendre visite. Une fois passées les premières minutes à ressasser comme chaque fois les souvenirs de nos jeunes années, qui ne me passionnaient pas, pour l'écrire poliment, je me suis tout à coup intéressé non pas à ses propos mais à l'enthousiasme débordant qui l'animait. À près de quatre-vingts ans, le débit joyeux et inépuisable de Linette n'a pas changé. Comment fait-elle pour être toujours si vaillante ?

À cette question, ma nourrice a répondu en me dévoilant pour la première fois son histoire.

Issue d'un milieu précaire, elle est la cinquième d'une fratrie de onze enfants dont quatre ont été enterrés avant de fêter leurs dix ans, décédés d'une maladie génétique. Cette horrible situation a valu des crises de folie à sa mère, qui pressait avec une violence inouïe la colère et le désespoir dans son cœur, déversant en retour des cascades de coups sur la pauvre Linette : mal nourrie, peu aimée, la jeune fille a quitté très tôt le foyer et ne s'en est sortie qu'à force de travail et d'une discipline de fer, réveil à 5 heures tous les jours depuis plus de soixante-dix ans.

Si elle profite enfin de la vie, Linette peut en témoigner : l'adversité, ça endurcit ! Et pourtant, cette femme a su m'apporter la tendresse et l'affection d'une seconde maman. Je ne l'en remercierai jamais assez et je l'admire encore plus depuis que j'en sais davantage sur son histoire.

DEUXIÈME POSITION

Les pieds, les mollets et les cuisses se détachent,
ce qui crée comme une grande arche, un vide soudain…

Si ma nourrice a été ma deuxième mère, à l'Opéra, plus aucune maman à l'horizon. Malgré le milieu compétitif et hostile, je reste obnubilé par la danse. Ma passion finit par panser une parcelle de la brûlure du manque affectif. Mais cette addiction au mouvement perpétuel, qui me permet de tenir, ne manque pas d'inquiéter certains membres de ma famille : « Qu'est-ce que tu vas faire quand tu ne pourras plus danser ? » « Et si tu n'arrives pas à être danseur, tu feras quoi à la place ? » Pour moi, ça ne fait pourtant pas l'ombre d'un doute : pourquoi je ferais autre chose ? Je serai danseur étoile, c'est sûr !

Un seul objectif, une vision claire : danseur étoile ou rien. Pourtant, le lien avec l'autre me manque. Difficile, dans cet environnement ultra-concurrentiel, de nouer des amitiés. À cette époque, j'ai trois ou quatre bons copains, et un ami, Alexandre. Malgré nos résultats différents en danse, nous nous soutenons coûte que coûte.

Même s'il ne m'apprécie pas, lorsqu'un élève peine à réaliser ses pirouettes, ses tours en l'air ou d'autres pas techniques, je ne suis jamais avare de conseils. Les voir progresser me procure une grande satisfaction… et beaucoup d'inquiétude à mes parents qui préféreraient me voir garder pour moi mes astuces afin de conserver un avantage compétitif sur mes camarades. Mais l'anxiété aveugle ! Ils oublient que l'enseignement fortifie et ancre profondément la connaissance acquise, contribuant à une amélioration pérenne. Aider l'autre, c'est s'aider soi.

*

En classe, j'attends en vain la sympathie de mes camarades.

En parallèle de mes difficultés à obtenir des bonnes notes et à me faire des amis, je prends conscience assez tôt, et brutalement, de la notion de classe sociale. Sans que je ne lui aie rien demandé, un élève de ma classe a pris soin de me montrer l'étiquette de sa chemise estampillée Dior tout en faisant l'étalage de son montant ainsi que de celui de l'ensemble de sa tenue : il porte sur lui près de mille euros de vêtements. Je ne connais rien à la valeur des marques et encore moins à celle de la haute couture, mais suffisamment pour me sentir un peu honteux en saisissant que le prix de sa chemise correspond à celui de l'intégralité de mon accoutrement, manteau inclus.

Comprendre qu'il cherche à m'impressionner en insinuant que ses parents ont plus d'argent que les miens me met mal à l'aise. J'ai le sentiment d'être un moins-que-rien, de ne rien connaître et de devoir feindre l'inverse pour tenter de m'insérer. Plus tard, il s'avérera que le profond malheur que ressentait cet élève le poussera à démissionner : l'opulence de ses parents n'était pas parvenue à lui offrir l'amour et l'attention parentale qu'il recherchait. Quand on naît déjà en haut de la montagne, difficile de comprendre que, pour trouver le bonheur, il faut accepter d'en descendre, afin d'en trouver une nouvelle à gravir…

*

De mon côté, la frustration sera un excellent moteur pour continuer à me surpasser dans le travail, car j'espère ainsi m'élever dans l'échelle sociale. En la matière, un autre moteur jouera merveilleusement son rôle : la pression maternelle.

Soucieuse de protéger son fils, ma mère me pousse sans relâche à collecter de bonnes notes. Défi insurmontable… Les professeurs m'ennuient, je trouve le contenu des cours creux, je n'écoute rien, ne révise pas davantage. Par conséquent, mes résultats scolaires dégringolent et les frictions familiales grimpent en flèche.

Pour avoir la paix le week-end, un judicieux marché proposé par l'un de mes rares copains, Silvère Jarosson, (aujourd'hui peintre à succès, comme si nous avions chacun senti chez l'autre que notre amitié pouvait naître de la sortie du cadre) me laisse quelques mois de répit : « Tu m'aides à améliorer mes pirouettes, je te laisse copier sur moi. » Le système scolaire classique ne favorise pas le collectif et n'aide pas à trouver sa place. Alors que si on apprenait à chacun à découvrir ses capacités, qu'on prenait le temps d'aider l'élève à déceler ses domaines d'intérêt et qu'on l'encourageait à s'investir pleinement dedans pour qu'il s'épanouisse, il se rendrait compte non seulement de la nécessité qu'il y a de s'allier avec autrui mais aussi de respecter profondément le travail de l'autre, quel qu'il soit. Seul, on va plus vite ; ensemble on va plus loin.

Quant à ma scolarité dansée, malgré les bonnes notes, un commentaire récalcitrant agrémente chacun de mes bulletins : « Doit s'affiner, doit s'allonger. François doit travailler par le dessous de la cuisse ! » À part m'empaler sur une broche à kebab et me faire trancher les muscles et les os de la jambe, il n'y a rien à faire. Les 10 % de masse graisseuse qui me constituent me sont vitaux… À l'Opéra, il faut entrer dans le moule, mais chez moi, ça déborde.

Ces remarques n'ont d'autre résultat sur moi que de déclencher des troubles du comportement alimentaire. Je ne suis plus seulement traité de con, mais de gros con.

Pour décompresser, le week-end, une fois le repas familial terminé et chacun parti vaquer à ses occupations, j'ouvre discrètement la porte du frigo pour y dévorer des cochonneries. Puis, je dévalise le placard à gâteaux juste à côté. Ma mère m'entend farfouiller dans la cuisine et, « pour mon bien », me presse d'arrêter de manger, de peur que l'Opéra ne me vire pour surpoids. Évidemment, c'est l'effet inverse qui se produit : plus elle me dit d'arrêter de manger, plus je bâfre !

Je n'ai toujours pas réussi à me débarrasser de ces troubles. Aujourd'hui encore, moins je suis stimulé, plus je suis triste, plus je mange. Je vais mieux qu'avant, mais un coup de déprime où je peine à trouver du sens à ma vie, où je n'arrive à rien, suffit à me faire engloutir des aliments gras et sucrés en quantité industrielle jusqu'à m'en faire péter la panse. Comme s'il n'y avait pas de lendemain et qu'il fallait profiter au maximum des derniers plaisirs de la vie avant de mourir.

Être prêt à tout, jusqu'à s'oublier et abandonner ses rêves pour satisfaire une prétendue autorité, dans l'espoir d'atteindre l'excellence, n'est sûrement pas la voie de la réussite : un sacrifice avec lequel vous n'êtes pas en accord conduit tout droit à l'échec. J'en ferai d'ailleurs les frais quelques années plus tard...

Quand le besoin de réconfort par la nourriture me pousse à l'autodestruction et à la culpabilité, couvert de honte le jour suivant, je fonce à la salle de sport pour dépenser le maximum des excès ingérés.

Parfois, je parviens à contenir ces crises en négociant avec moi-même : « OK, tu peux défoncer ta pizza et ton chocolat, mais avant, tu vas avaler une pomme et boire trois verres d'eau... » Mais quand la tempête frappe trop fort, elle m'emporte... Alors j'ai trouvé une parade lumineuse : le pouvoir de la promesse. Une promesse faite à ma compagne, à une personne décédée qui m'était chère, à quelqu'un de ma famille ou qui compte vraiment pour moi... Cela m'aide énormément à reprendre le contrôle sur mon esprit puisque je ne suis plus le seul concerné : mon honneur et ma parole sont mis en jeu, hors de question donc de les salir ! À huit ans par exemple, j'ai fait le serment à mes parents qu'à l'inverse d'une personne que je détestais dans ma famille, jamais je ne deviendrais fumeur. Vingt-deux ans plus tard, la promesse reste intacte.

Néanmoins, il reste difficile, pour l'excessif que je suis, de me canaliser, dans mes habitudes alimentaires comme pour le reste… Face à cette lutte afin de ne pas perdre le contrôle de mon mental, c'est sur scène qu'exultent mes démons. Ainsi, je peux rester mesuré dehors. Même si cela reste un objectif davantage qu'une réalité. Contenir son feu intérieur pour ne pas brûler son entourage nécessite des années de pratique et d'analyse… Je suis loin d'y être parvenu, mais j'y travaille.

Glissade

Transfert de poids de corps d'une jambe sur l'autre.

Une classe après l'autre, malgré les privations, le rythme effréné, l'exigence ambiante et ces troubles alimentaires qui ne me lâchent pas, à force de travail et de persistance, j'atteins enfin, à seize ans, la dernière année d'école de danse, autrement appelée première division.

Le mois de juin tire à sa fin, et dans quatre jours aura lieu le concours d'entrée dans la compagnie de l'Opéra. Mais aujourd'hui, c'est le gala de danse de ma mère : il est formellement interdit de se produire où que ce soit tant que nous sommes élèves de l'Opéra, mais j'y participe quand même, comme chaque année. Par amour et loyauté envers celle qui jusqu'ici m'a formé, aimé et soutenu.

C'est d'ailleurs à l'occasion de l'un de ces galas que je m'étais fait remarquer par ma première transgression. Alors que j'interprétais sur scène un bourdon qui butine une petite fleur, en coulisses, l'un de mes cousins pour qui j'ai beaucoup d'admiration s'était mis à s'agiter en m'encourageant à faire l'idiot : il ne m'en avait pas fallu davantage pour troquer la chorégraphie imposée contre ma première improvisation. J'avais fait un quart de tour et m'étais trémoussé face au public en me frappant la tête ! Hilares, les spectateurs s'étaient mis aussitôt à applaudir. Une immense sensation de confiance avait parcouru mon corps. C'est encouragé par leur comportement que je me suis mis à croire en mes capacités d'interprète… J'ai appris ce soir-là qu'en transgressant, on obtient bien plus qu'en obéissant.

Nous revoilà donc dix ans plus tard, le jour de mon dernier gala. Saisi d'une envie irrépressible d'épater les filles en coulisses juste avant le lever de rideau, je prends de l'élan, pousse sur mes jambes de toutes mes forces, et m'envole dans un coupé jeté[1]. Dans les airs, léger, je flotte, rien ne peut m'atteindre. Mais d'un coup, j'atterris brutalement sur ma cheville. Une vive douleur s'empare de moi.

Même l'excessif a ses limites. L'adrénaline n'y fait rien. J'avertis ma mère. Ses élèves m'apportent de la glace.

Impossible, néanmoins, de fuir le navire ; mon rôle est trop important dans le spectacle. Je me relève et danse, malgré mon entorse. Le public n'y voit que du feu. Ce feu qui aura raison de ma cheville…

Le lendemain matin, un œuf de dinosaure s'est logé entre mes deux malléoles. Impossible de poser le pied par terre. Le concours est dans trois jours. Mon cœur bat la chamade. Hors de question de redoubler et de subir une autre année d'études à l'Opéra.

Ma mère appelle Nathalie Chauvet, notre fabuleuse ostéopathe fusséenne ; on est dimanche matin mais elle me reçoit. Après une heure et demie de manipulation et un strapping bien serré pour maintenir les ligaments

---

1. Saut rotatif d'un demi-tour en l'air, légèrement penché, qui part sur un pied et arrive sur l'autre.

distendus de l'articulation de mon pied, la douleur lancinante dans ma cheville cesse enfin. De retour à Paris, une guêtre[1] au pied, je danse la « générale[2] ». J'ai mal… Seuls les puissants anti-inflammatoires que j'engloutis me font encaisser la douleur.

Le jour J, ma cheville est fragile. Je dois pourtant sauter et tourner dessus. J'assure mon double assemblé, sur la scène de l'opéra Garnier qui présente une pente à 5 %. Ce saut est particulièrement compliqué à réaliser. Ma réception est loin d'être parfaite, je tressaute à cause de ma patte folle. Les tours en équilibre sur mon articulation blessée, eux, passent à peu près.

Voilà, c'est terminé. Mon pied a tenu le choc. Mon avenir repose maintenant entre les mains du jury.

Dehors, l'attente des résultats est interminable. Alors que je suis en train de dévorer des burgers à quelques centaines de mètres du palais Garnier avec mes camarades, le SMS d'un membre de la compagnie attentionné me délivre enfin : « Garde-le pour toi et ne réagis pas après avoir lu ce message : C'est bon, tu es pris ! Bienvenue à l'Opéra ! » Mon rêve vient de se réaliser. Je ne laisse rien paraître même si j'exulte intérieurement. La discussion se poursuit entre camarades.

C'est de retour à l'entrée des artistes de l'Opéra que je peux laisser s'exprimer ma joie : mon nom est affiché en haut de la feuille !

Satisfaction anéantie presque aussitôt par une lourde déception : Alexandre n'est pas retenu. Je vais intégrer

1. Pièce de laine qui permet de garder le corps chaud.
2. Dernière répétition avant l'échéance.

la compagnie de l'Opéra de Paris sans mon meilleur ami. Après quatre ans de vie commune à l'internat, je prends de plein fouet la brutalité de la rupture à venir. Je comprends que je vais perdre un frère.

Seul réconfort : ma scolarité est terminée. Plus besoin de côtoyer ces élèves et ces professeurs moqueurs. Comme n'importe quel jeune entrant dans le monde du travail, je suis en pleine idéalisation de mon arrivée dans une entreprise, excité à l'idée des rencontres à venir et de ma nouvelle vie.

L'exaltation sera de courte durée.

*

En intégrant la compagnie, je pensais me consacrer uniquement à la danse afin de briller sur scène. Mais pour briller sur scène, encore faut-il y mettre le pied…

En dernière année à l'école de danse, la directrice, Élisabeth Platel, me confiait, comme à quelques autres élèves de la division, des premiers rôles à interpréter. C'est une manière pour les danseurs d'être mis en avant et repérés par des membres de la compagnie. Ce ne sera désormais plus le cas : pour danser de grands rôles, avant d'espérer atteindre le titre suprême accordé aux artistes de la danse, il va d'abord me falloir gravir chaque échelon de la compagnie (quadrille, coryphée, sujet, puis premier danseur) en remportant les concours de promotion annuels.

De retour à la case départ, je siège en coulisses.

À seize ans, mes capacités physiques culminent et mon envie d'incarner les principaux rôles du répertoire classique et d'embraser les planches me brûle de l'intérieur : j'ai signé pour ça ! Mais non, il faudra patienter. Ma seule lueur d'espoir : remplacer l'homme qui tient une hallebarde, tout au fond de la scène, souvent confondu avec la plante verte à côté de lui…

Décrocher son étoile nécessite d'accomplir un long périple.

En attendant, je dois continuer à faire mes gammes, aussi fastidieuses soient-elles, en pratiquant inlassablement la barre, discipline que chaque danseur classique s'impose tous les matins. Cette succession d'exercices, qui a pour but d'échauffer le corps pendant vingt à trente minutes, s'apparente à mes yeux à une protection antiblessure, mais qu'est-ce que c'est rébarbatif…

Le premier exercice commence souvent face à la barre, les deux mains posées sur cette pièce de bois lisse et ronde. Mes pensées divaguent et m'éloignent progressivement de la ritournelle pour me conduire ailleurs.

Quitte à ne pas danser sur scène et à y être accroché chaque matin, c'est une autre barre que j'aimerais saisir, celle d'un navire par exemple. Tout en m'inventant une autre vie, avec plus de responsabilités, plus de défis à surmonter, plus de drames et de jubilations…

Face à la barre

Premier exercice à la barre.
Je dédie ce texte aux incompris.

Jamais je n'avais empoigné la barre aussi fort.

À peine le port quitté, la colère de la houle se faisait sentir, de plus en plus puissante.

Ma précieuse alliée, la confiance, se fondait tout entière dans le gouvernail pour que le navire arrive à bon port. J'étais sûrement le seul à jubiler face à tant d'adversité ! Au contact des hypnotisants plis de la mer, parfois, mon vaillant vaisseau marin chavirait, pénétrant, à mon grand dam, les sombres cavités qu'elle avait creusées pour lui.

Sans âme ni remords, la mer, après s'être frottée à sa paroi, le quittait sans émotion en lui laissant cette nappe âpre et salée d'inachèvement... Après le passage sur sa coque, à la sueur de mon corps, je le polissais jusqu'à ce qu'il puisse à nouveau s'ériger et perforer les flots avec brio.

Depuis mon enfance, l'évasion me chuchotait de venir la rejoindre.

En parfaite opposante, la figure paternelle, postée partout où j'allais, veillait férocement à ce que jamais cela ne se produise.

Un excès de bienveillance et de protection planait au-dessus de moi, prêt à ligoter à tout moment mon corps dans une camisole d'amour écœurant.

L'idée que j'occupe un haut poste dans une hiérarchie harassante, accouplé avec une charmante et douce plante, réjouissait terriblement le chef de famille.

Mes envies étaient tout autres...

Pour son épouse, l'appel de la séduction et de la conquête était si fort qu'elle nous quitta quelques années après ma naissance...

L'amertume de cet abandon brûlerait pour toujours le cœur de cet enfant.

À bord, c'était la cohue. La flotte ne m'obéissait plus et le ciel grondait...

Sans complexe, chacun désertait en embarquant dans les canots de secours pour retrouver femmes et enfants.

Mes doutes s'entrechoquaient à la même vitesse que les moussaillons fuyaient. Après avoir acquis la liberté recherchée durant toutes ces années de travail, je me retrouvais aujourd'hui prisonnier, comme dans un rond-point. Encerclé par une multitude de choix qui m'observaient fixement comme des matons...

Fallait-il fuir via les canots ? Rallonger le trajet en empruntant une nouvelle voie pour éviter la barre tout en arrivant à bon port ? Ou prendre le risque de perforer en solitaire ces massifs maritimes ?

L'indécision coûte cher...

Paniqué, tirant sur toutes les guindes jusqu'à m'en brûler les mains, j'espérais que de cette friction allait naître une solution miracle. Mais rien.

Face à nos yeux écarquillés se dessinait doucement une furieuse vague... Mon inconscience avait choisi.

Une fois l'écoute lâchée, mes mains bouillantes d'excitation avaient agrippé la barre à nouveau avec tant d'ardeur que je pouvais sentir les dernières gouttes de sève du bois se vivifier vigoureusement sous mes doigts fébriles, faisant enfler toute la boisure.

Un grondement tonitruant éclata dans le ciel.

Le navire se penchait progressivement à la verticale.

Pourtant je ne pouvais pas m'empêcher de lutter. Comme s'il s'agissait d'une revanche, d'une histoire personnelle...

Cramponné à cette barre, il me fallait venir à bout de cette folle frénésie.

Une fois le navire arrivé aux deux tiers, le mur marin de vingt mètres de haut décida d'en finir avec nous.

Brutalement renversées par sa puissance, toutes les particules qui me constituaient éclatèrent à la même fréquence que cette claque collée par la bête...

Malgré la vigueur de cette montagne mouvante, dans une abnégation absolue, j'avais accompli mon devoir de capitaine, celui de tenir bon quoi qu'il advienne...

J'en jouissais.

Ce jet salé et mousseux collait les poils de ma barbe entre eux et mes cheveux frisaient de joie.

Percutantes et perforantes, les voiles, la coque, la cale se firent engloutir en l'espace d'une demi-seconde...

Propulsé au fond de la mer, plus aucune issue. Se débattre ne servirait à rien.

Une leçon du destin ?

Qui tente de me torturer pour vainement essayer de me réparer ?

Après tout, c'est le sort qui est réservé au déviant,

Tristement entouré d'intolérants.

Impossible pour moi de continuer dans ce monde si parfait et bienveillant.

Voluptueux vaisseau gouverné par cette sublime barre de joie, toi avec qui je frémissais, qui me faisais m'accepter comme j'étais, adieu...

Malgré son abandon, il faut croire que mon inconscient m'avait poussé à le lâcher pour la retrouver, elle.

Celle qui des années durant m'avait bercé maternellement…
La mer, afflux de larmes des géants, chagrin des titans, mouvante, maternelle, maculée de tendresse, m'avait recueilli.
Maintenant c'est le bain froid,
Direction une nouvelle ère,
Pour toujours dans les bras glacés de ma mère.

FAILLI

Pas de liaison qui ressemble à la préparation d'une envolée finalement avortée.

À l'opposé de cette fantaisie, ma merveille de mère veille sur moi.

Mais la vie, elle, comme la mer, oscille en permanence. Aléatoire est le sort qu'elle nous réserve à chaque mouvement.

Pour certains, la peur de revivre l'aventure après avoir coulé peut persister, puisque revenir à la surface est synonyme d'une exposition à un éventuel nouvel échec… S'installent alors le doute, les difficultés, la noirceur. Notamment celle des coulisses.

Alors que tout pousse à croire qu'attendre sur le côté de la scène, dans l'ombre, est d'un ennui mortifère, cette première année est de loin la plus stressante. Sans compter qu'entre 2010 et 2020, la pression était exacerbée par un management qui ne me convenait absolument pas. Aujourd'hui encore, j'en fais des cauchemars… Contrairement à l'attente excitante que procurent les minutes qui précèdent une entrée en scène « prévue », laissez-moi vous parler d'une autre attente, terrorisante.

Chaque soir de spectacle, avec les autres remplaçants, je patiente en coulisses. Il est toujours triste d'apprendre la blessure d'un collègue, mais il est préférable que cela se présente deux jours avant ou le matin même, puisque si vous êtes chanceux, un camarade sympathique qui connaît déjà la chorégraphie de tous les danseurs pourrait vous l'apprendre et éviter un remplacement catastrophique ! Mais souvent, la blessure survient quelques heures avant le spectacle, ou pire, sur scène. Et là, c'est un remplacement d'urgence qu'il faut imaginer ! Quand votre nom jaillit des retours[1], « *attendu de toute urgence sur le plateau* », alors que vous êtes assis paisiblement dans votre loge… c'est la panique : le cœur s'emballe, l'esprit aussi, mais le corps est froid, nullement prêt à l'effort.

Avant le spectacle, des répétitions sont systématiquement organisées. Le maître de ballet, répétiteur général, lance le filage[2] sans rien expliquer, ni le rôle du remplaçant, ni le processus de cet apprentissage pour le moins particulier. Pour ma première répétition, alors que les titulaires[3] bondissent et virevoltent, derrière eux, je m'empresse de demander aux anciens quel rôle je dois apprendre en cas de remplacement. On me répond comme une évidence : « Tous. » Soit seize chorégraphies, et autant de musiques et de rythmes différents.

Perdu, je reste figé face à cette annonce.

Une fois le filage terminé, le maître de ballet donne quelques corrections. Oui, des « corrections ». Même

1. Haut-parleurs situés un peu partout dans le théâtre, des loges aux coulisses en passant par les couloirs.

2. Lors du filage, la chorégraphie est exécutée de bout en bout, sans arrêt.

3. Ceux qui dansent le rôle chaque soir ou en alternance avec un autre danseur.

s'il n'est pas question ici de fessées ni de claques, le lexique de la danse classique nomme ainsi les indications données au danseur pour améliorer l'exécution de la chorégraphie. Comme s'il n'existait qu'une seule et unique façon de danser…

Certains morceaux sont ensuite répétés à nouveau, avec et sans musique. Puis la journée de travail se termine.

Je me retrouve seul, sans rien comprendre à ce qui vient de se passer. Je n'ai pas eu le temps d'apprendre la place de qui que ce soit : en deux heures et demie, impossible de retenir la chorégraphie en question. La polonaise du *Lac des Cygnes*, qui dure quatre minutes, est un enchaînement de croisements et de placements très précis à respecter, sans jamais qu'un même passage soit répété… Sans techniques d'apprentissage, à seulement seize ans, impossible de tout assimiler.

D'autres répétitions sont organisées, mais toutes ces combinaisons de pas de danse différentes restent très troubles pour moi, alors j'apprends seulement une place, sur les seize que compte le ballet, en me faisant le plus petit possible derrière un titulaire pour ne pas le gêner. J'observe certains nouveaux, stylo en main, griffonnant des notes pour se souvenir des déplacements. Le problème, c'est que je n'ai ni les compétences, ni la formation, ni l'envie de devenir assistant ou secrétaire général : je veux danser !

Désespéré, j'opte alors pour une méthode alternative : la chance. Je croise les doigts pour gravir les échelons suffisamment vite afin de ne pas avoir à remplacer quiconque. Sinon, c'est le carnage assuré.

Les jours passent et la chance me protège, y compris lors de cette représentation qui s'annonçait pourtant comme un soir de mauvaise fortune…

Au milieu du spectacle, mon nom retentit dans les retours : « *Monsieur Alu est demandé de toute urgence sur le plateau…* » Les mains moites, le palpitant qui accélère comme une Formule 1 lancée à pleins gaz, paniqué, en sueur, je file à travers les couloirs jusqu'au vestiaire pour dégoter un costume. La bouche sèche, j'essaie périlleusement d'articuler quelques mots quand une habilleuse arrive en courant à ma hauteur avec ma tenue. Mais soudain, un nouvel appel retentit : « *Erreur, c'est monsieur X qui remplacera à la place de monsieur Alu.* » Miracle ! Sauvé par ma bonne étoile.

À la fin du spectacle, le maître de ballet convoqua le jeune remplaçant pour l'incendier. À sa place, en pleine période d'essai, je me serais sans aucun doute fait renvoyer…

J'ai appris avec l'expérience que la panique sème un chaos absolu dans l'esprit puis dans le corps. Les actions qui en découlent sont souvent peu productives, quand elles n'aggravent pas la situation, provoquant inutilement une déperdition massive d'énergie. Y remédier nécessite de prendre le temps de respirer calmement et d'élaborer un plan avant toute action.

*

Si une telle situation devait se produire aujourd'hui, je procéderais différemment. Voici quelques conseils que je délivrerais au jeune François pris de panique.

1) Prendre trente secondes de pause pour réfléchir : si je monte sur scène, c'est la catastrophe assurée, et mon renvoi de l'Opéra pourrait même être doublé d'une inaptitude à me faire engager dans une autre compagnie (les gens parlent et la danse est un petit monde).

2) Me montrer stratégique en faisant preuve de leadership : demander au jeune collègue qui a pris le plus de notes et qui connaît donc le mieux la chorégraphie de prendre ma place même si la direction ne le lui a pas demandé.

3) Me montrer convaincant, parce que, comme tout le monde, il sera tétanisé : à moi de lui exposer des arguments suffisamment persuasifs pour le pousser à y aller (« le spectacle avance à toute allure et de toute façon je ne monterai pas sur scène ») et de lui proposer le cas échéant une somme d'argent ou un futur service rendu.

4) Pour terminer l'argumentaire, je le rassurerais sur sa capacité à exécuter parfaitement la chorégraphie sans oublier de lui rappeler combien il passerait pour un héros auprès de la direction en accomplissant ce remplacement.

5) Enfin, je lui dirais, si on lui demandait où j'étais, de répondre : « Je ne sais pas. »

Si seulement j'avais été bien encadré, si seulement on écoutait les danseurs… À aucun moment nous n'apprenons à apprendre ; nous sommes laissés seuls face à l'immensité du travail. Je suis convaincu qu'un pas de côté de l'institution durant la carrière ferait naître de meilleurs danseuses et danseurs, débarrassés d'un certain nombre d'angoisses, libérés d'une perte d'énergie inutile.

Je n'ai pas eu la chance de connaître ce type de pédagogie et je ne veux pas me venger du système, parce que j'ai plutôt tendance à penser, comme le dit Nietzsche, qu'« à lutter avec les mêmes armes que ton ennemi, tu deviendras comme lui ». Face à l'échec annoncé, je me serais sans doute éclipsé du théâtre pour présenter le lendemain un arrêt de travail d'un jour, et éviter ainsi mon renvoi pour faute professionnelle. Un mauvais management engendre un mauvais comportement et des coûts inutiles…

Heureusement, les choses ne se sont pas passées ainsi. Je dois ma rédemption à une seule personne, Samuel Murez, initialement membre du corps de ballet de l'Opéra de Paris depuis 2001, qui me propose de danser au sein de sa troupe, 3e étage, qu'il a fondée en 2004 et qu'il dirige.

Samuel est un bourreau de travail prêt à mettre tout son temps libre au profit des projets qui lui tiennent à cœur. Nous nous produisons et répétons dès que quelques heures de liberté se profilent, les week-ends, les jours de repos et parfois même durant l'été. Il me confie rapidement des rôles dans tous les styles, classique, néoclassique, contemporain, danse-théâtre, tout en me transmettant la multitude d'aspects du métier nécessaires à sa vision du spectacle : incarner des personnages, se positionner correctement dans la lumière, opérer des changements rapides de costume, gérer les accessoires… Il insiste beaucoup sur ce qu'il appelle la « qualité de mouvement ».

Tout cela fait beaucoup de nouveautés à assimiler par rapport à ce que j'ai appris jusque-là, mais je peux enfin proposer mes propres combinaisons de sauts, de pirouettes, mes mouvements de hip-hop et, plus largement, mes idées. Ce qu'il me demande, sur le plan artistique comme dans la manière de mener ses projets, ne me paraît pas toujours intuitif, mais quand nous ne sommes pas d'accord, il prend le temps de m'écouter et de discuter avec moi. L'ambiance de troupe avec les autres danseurs est énergisante. Je danse enfin. Nos spectacles remportent un franc succès, l'ensemble est épanouissant.

Après une journée de travail bien remplie, l'envie d'aller prendre un verre et de regarder un bon film le soir est bien plus tentante que de rempiler avec une deuxième journée de boulot... Mais pour pallier la frustration au travail, rien de tel que de pratiquer davantage pour s'extirper de cette sensation désagréable. C'est ce que je fais pendant une année complète. Jusqu'à mon premier concours de promotion, tant attendu.

*

À l'approche de cette échéance redoutée de tous, mes journées commencent dangereusement à se remplir. Je dédie mes matinées, de 10 heures à 11 h 30, aux deux solos de mon concours avec des danseurs et un professeur de la compagnie, puis je répète pour l'Opéra de 13 h 30 à 19 heures, avant de me remettre à travailler le soir mes solos de 19 h 15 à 20 h 30, que je répète seul la première année, puis avec Samuel plus tard. S'ajoutent à ce rythme de travail les galas avec la compagnie 3e étage qui ont lieu les week-ends et que je prépare pendant mes jours de repos.

Pendant cette période, l'activité est intense, je saute, tourne et porte des danseuses huit heures par jour. Honnêtement, je souffre. La satisfaction de défier la gravité l'espace de quelques secondes, de voir mon corps se plier à ce que je lui demande, sera longtemps plus forte que tout le reste, mais ce rythme finit par l'esquinter. Plus le temps passe, moins je suis endurant à cette souffrance liée aux versions chorégraphiques de Rudolf Noureev[1] qui demandent un effort surhumain pour un maigre résultat. Je sais qu'en réduisant les innombrables petits pas successifs chorégraphiés par Noureev, ma respiration serait respectée, ce qui permettrait de décupler la puissance de mes sauts, d'accentuer la vivacité de mes pirouettes et de rendre plus authentique mon jeu d'acteur. Mais l'Opéra ne me donne pas cette option. Ce sera d'ailleurs l'une des sources principales de mes conflits avec l'institution.

Alors, quand mon corps ne peut plus avancer en raison de la charge que je lui impose, je sors mon joker mental : faire ce que les autres ne font pas à ce moment exact, ce qui me différenciera et me permettra de remporter la première place.

Bien sûr, mes collègues travaillent aussi énormément, mais la plupart d'entre eux répètent souvent leur concours le matin très tôt. Pour ma part, me retrouver seul dans un studio tard le soir, parfois accompagné de Samuel qui m'encourage et m'aide à me préparer, m'incite à m'exercer et à me dépasser.

---

1. Ancien directeur de la danse de l'Opéra de Paris et danseur étoile (1938-1993).

Ce travail intense finit d'ailleurs par payer : à l'issue du concours, je monte coryphée, le deuxième échelon de la hiérarchie. Une épreuve qui restera gravée à jamais dans ma mémoire.

*

Spectacle la veille, couché tard, le réveil matinal est brutal. Après l'échauffement collectif, direction maquillage et coiffure. Oui, avant que ma capillarité ne migre sur mes maxillaires, mon crâne était chevelu.

Il est 10 heures, une clochette retentit, annonçant le début du concours.

Ma première variation, imposée par la direction de la danse pour tous les danseurs, s'est bien passée. Je suis soulagé. Pour la deuxième, qui est un choix libre, j'ai décidé d'interpréter le solo de Solor dans *La Bayadère*. Ce rôle viril, perçu comme très technique, est particulièrement difficile pour un jeunot de dix-sept ans. Les plus anciens m'ont d'ailleurs vivement déconseillé de choisir cette variation, mais leur avis n'a aucune importance : je n'ai pas peur. Sûr de moi, j'entre donc en scène une seconde fois.

Après le premier renversé[1], je m'élance, cours trois pas et jette ma jambe et mes bras le plus haut possible afin de décoller au maximum pour réaliser la plus impressionnante double cabriole possible, puissante et guerrière, à l'image du personnage que j'incarne. À plus d'un

1. Pas de danse qui consiste à faire un quart de tour en attitude, c'est-à-dire en équilibre sur la demi-pointe et la jambe arrière légèrement fléchie.

mètre au-dessus du sol, mon costume me gêne. Engoncé, j'élève de quelques centimètres supplémentaires mon bras droit pour me libérer. Résultat, atterrissage bancal et apparition simultanée de « parasites mentaux ». Tout en continuant à danser, en roue libre, mon mental s'agite (je tiens à prévenir que mon monologue intérieur est truffé de gros mots, *mea culpa* à ceux que cela offenserait) : « Merde ! Pourtant j'ai pris le temps de faire les essayages du costume. J'ai pas pu prendre dix kilos de muscle en une semaine ?! Pourquoi je suis aussi serré dans ce pourpoint ?! Putain ! Comment j'ai pu foirer ce saut que je maîtrise parfaitement ?! Je suis vraiment une brêle. »

Quand arrive la séquence des pirouettes : « Roh ! Cette version est vraiment à chier ! Si seulement j'avais pu faire comme Tetsuya Kumakawa dans la vidéo de 1991 avec les tours à la seconde qui enchaînent direct avec les pirouettes attitude d'une traite, ce solo aurait vraiment eu une autre gueule ! »

Et, juste avant d'effectuer le manège de fin : « Et puis cette pente pourrie, qu'est-ce qu'elle est chiante à remonter. Allez ! Heureusement, c'est bientôt fini. Vivement ce soir que je puisse dévorer une assiette de charcuterie avec une énorme pizza supplément viande et fromage, et puis un grand soda et un banana split en dessert ! J'espère qu'ils auront l'option oignon rouge et ciboulette aussi, c'est trop bon ! »

Double tour en l'air.

« Et merde ! »

Fin du concours. Six ans d'école de danse, un an de compagnie et un mois de préparation intense pour presque tout foutre en l'air…

Je suis promu, mais au fond, très déçu. Seul réconfort aujourd'hui, cet échec psychologique m'apprendra trois choses indispensables.

Pour commencer, la gestion de la partition mentale. En plus de la mémoire chorégraphique, il existe en effet une autre partition qui consiste, comme un calque qu'on poserait dessus, à occuper l'esprit du danseur avec des indications précises à chaque mouvement effectué. L'idée étant de plonger l'interprète dans un état de profonde concentration, évitant ainsi toute pensée parasite. Jusque-là, mon instinct guidait chacun de mes pas en scène, sauf dans les grandes difficultés techniques où je me focalisais déjà, grâce aux enseignements de ma mère, sur un point en particulier pour ne pas le rater : monter le coude, baisser l'épaule, etc. S'il est bien sûr important de nuancer et de savoir garder quelques instants de « non-pensée », pour simplement ressentir et accroître ses chances de saisir un moment de grâce, cet état de concentration intense accompagné d'un peu de souplesse cérébrale me permettra d'accomplir de meilleures performances lors de mes concours de promotion à venir. C'est pour ne plus revivre ce genre d'épisode scénique désagréable que j'ai pris la décision de ne travailler mes concours qu'avec Samuel afin d'être le plus cadré possible. C'est lui qui m'inculque, lors de nos séances d'entraînement, ce qu'il appelle la partition mentale.

Le deuxième enseignement me vient du danseur étoile Josua Hoffalt, dont j'admirais les performances. Lors d'un gala aux États-Unis organisé par 3e étage, où une nouvelle fois je fus mécontent de ma prestation, Josua, qui dansait aussi dans le groupe, à force d'entendre mes plaintes, vint me voir pour me dire affectueusement : « Sur scène, même quand on rate, il y a une règle à toujours garder en tête : faire les comptes à la fin ! » Autrement dit, ne jamais se juger pendant que l'on danse puisque c'est la meilleure façon de s'assurer d'autres ratés.

De plus, une personne qui prend un risque, même si elle échoue momentanément, peut délivrer ensuite une incroyable prestation, augmentant significativement l'aspect spectaculaire de sa performance. Celle qui va simplement « assurer » en exécutant ce qu'on lui demande n'obtiendra jamais de résultat exceptionnel.

Enfin, Josua me prodigua un dernier conseil, dit « de la fourchette », qui, malgré mon affection pour cet art, n'a rien à voir avec la gastronomie.

Dès que l'on commence à performer, qu'il s'agisse d'une prouesse sportive ou intellectuelle, on oscille entre deux niveaux, de mauvais à très bon ; c'est entre les deux que se situe cette fourchette. Si l'on investit suffisamment de temps à travailler son sujet, à répéter, à apprendre, la fourchette va grimper radicalement vers le haut. Ce qui induit qu'après un tel investissement, un tel déploiement d'énergie, même si l'on produit la pire de nos performances, elle restera néanmoins dix ou vingt fois plus aboutie que notre meilleure performance initiale !

Ces trois conseils avisés forment donc le râtelier d'armes mentales qui m'a permis de conserver, contre les pensées négatives, un état d'esprit sain, et d'accroître significativement mes succès en scène.

540

Saut à l'horizontale qui finit à la verticale, l'une des jambes passant au-dessus de l'autre dans un effet vertigineux.

Me voilà donc coryphée. Fini les remplacements ! Enfin... presque fini. Désormais, je suis titulaire des ensembles mais encore remplaçant des solistes et des demi-solistes[1].

Brigitte Lefèvre, la directrice de la danse de l'Opéra, qui m'a remarqué lors du concours de promotion, mise sur moi en m'attribuant le poste de remplaçant sur le premier rôle de *Don Quichotte.* À seulement dix-neuf ans, c'est rare dans l'institution. Comme je ne suis encore que très peu gradé, pour conserver l'ordre et ne pas être taxée de favoritisme, elle ne m'accorde quasiment pas de répétitions pour travailler le rôle. À la place, je répète avec le corps de ballet[2] où je m'ennuie horriblement, ça manque de défis à relever ! Mais rapidement, cette situation s'inverse.

Un dimanche, la sonnerie d'un portable retentit au petit matin. C'est le téléphone de ma copine. Le mien, comme moi, est encore éteint. J'entends au

---

1. Danseurs qui sont entre trois et cinq maximum sur scène en même temps.
2. Ensemble de danseurs en mouvement ou en pause autour des solistes.

loin « Je vous le passe... » et prends le combiné pour répondre, dans un demi-sommeil : « Oui ?

— Bonjour François, c'est Brigitte Lefèvre. Est-ce que tu aimes les challenges ?

— Euh... oui !

— Très bien, tu danses le premier rôle de *Don Quichotte* à 14 h 30. À tout à l'heure ! »

Le danseur étoile s'est blessé. Personne d'autre n'est disponible. C'est maintenant. C'est à moi de jouer...

Il faut savoir que ce ballet mythique est l'un des plus difficiles, si ce n'est le plus difficile des rôles masculins du répertoire classique de l'Opéra. En sortant de l'école, je connais quelques solos mais aucun rôle entièrement, et je n'ai surtout aucune expérience de la gestion d'un grand ballet en trois actes aussi exigeant.

Il est 10 h 30. Je bondis du lit, glisse le DVD de *Don Quichotte* dans mon ordinateur pour apprendre le début du troisième acte, que je ne connais pas puisque je n'ai pas fait assez de répétitions. J'ingurgite simultanément un petit déjeuner et la chorégraphie en quelques minutes, stimulé par le stress, puis je fonce à l'opéra Bastille.

Sur place, je découvre ma partenaire, Mathilde Froustey. De huit ans mon aînée, Mathilde, déjà sujet, a plusieurs grands rôles à son actif. Intimidé, je pratique quelques pirouettes et deux ou trois portés avec elle avant le début de la représentation sous le regard inquiet d'une maîtresse de ballet qui me donne la permission de faire ce que je veux tant que je sauve le spectacle. Rien ne peut me faire plus plaisir : l'idée d'endosser ce rôle de sauveur tout en performant à ma façon gorge mes muscles d'énergie.

C'est l'heure du spectacle. J'entre en scène, la bouche desséchée par le stress. Mon cœur préférerait se faire la malle en perforant mon thorax plutôt que d'affronter le mur d'épreuves physiques qui l'attend : on parle ici de deux heures et demie de danse dont une grande part dédiée au rôle que j'interprète.

La chorégraphie de *Don Quichotte* est très énergique et celle de Basilio, particulièrement exigeante, surtout depuis sa réécriture par Rudolf Noureev, qui y a ajouté des solos aux enchaînements complexes et cadencés. Je donne tout ce que j'ai dans chaque saut, chaque pirouette, chaque interaction avec le corps de ballet.

À la fin du premier acte, je suis lessivé, mes jambes se tétanisent, j'ai l'impression d'avoir de la pierre à la place des quadriceps. Mes mollets tremblent. Mes yeux se ferment tout seuls. Il reste deux actes à tenir et je suis épuisé…

Aucun maître de ballet ne m'a prévenu qu'il fallait manger à chaque pause une poignée de fruits secs ou une banane pour éviter les crampes et garder un niveau d'énergie suffisant. Pas un seul coach ou professeur pour me recommander de boire de l'eau avec des électrolytes ou du jus de raisin avec un peu de sel pour éviter la déshydratation. Cela m'aurait pourtant été très utile pour éviter de finir dans cet état.

Je retourne en scène. Fin du deuxième acte, mon oreille interne est déréglée par l'effort. J'ai l'impression d'une surdité quasi totale qui alterne avec des acouphènes. Je tangue.

J'attaque le troisième acte et cette fameuse variation de Basilio que je rêve d'interpréter depuis que je suis enfant. C'est précisément lorsque Patrick Dupond dansait ce passage, dans le documentaire, que j'ai su que c'était le métier que je ferais plus tard.

Malgré la difficulté de l'œuvre qui m'a exténué, je réunis mes dernières forces dans cet instant sacré pour complexifier ce dernier solo. Comme si cette opportunité n'allait plus jamais se représenter. Comme si c'était la fin.

Je substitue au tour en l'air, saut classique, un autre saut, plus ambitieux, plus périlleux. Un saut qui s'apparente à un coup de pied de taekwondo[1] que j'ai appris en observant le danseur étoile japonais Tetsuya Kumakawa sur YouTube et en le répétant des milliers de fois.

C'est la fin du spectacle. Ovation du public, le rideau tombe. Ça y est, je l'ai fait ! Je ne tiens plus debout mais je suis fier d'avoir relevé le défi, sans aucune répétition sur scène, sans aucun filage en amont : c'était une première.

Naïvement, je me prends pour un demi-dieu, certain que ce que je viens d'accomplir relève de l'exploit et que les félicitations de mes supérieurs vont fuser. Même la célèbre et ravissante Salma Hayek, qui a assisté au spectacle, vient nous féliciter, ma partenaire et moi. Quand arrivent au loin mes supérieurs hiérarchiques, convaincu qu'ils vont me complimenter, je suis impatient de voir enfin leur visage s'illuminer devant ma prouesse.

Ils arborent tous un air curieusement patibulaire. J'imagine qu'ils font cela pour accentuer les félicitations qui vont suivre…

1. Ce saut existe dans le monde de la danse mais celui-ci n'avait jamais été réalisé à l'Opéra dans le ballet *Don Quichotte*.

Alors que je viens de me mettre entièrement à nu émotionnellement sur scène, que j'ai puisé jusqu'à la dernière goutte de sueur pour surperformer dans ce ballet, la violence de leurs commentaires me donne l'impression qu'on découpe ma chair à vif : « François, c'est une catastrophe, ce que tu as fait. Tu devrais avoir honte ! Tu n'as pas respecté ce qu'on t'a demandé de faire. Tu es le seul à désobéir, même nos étoiles font ce qu'on leur demande. Pour qui tu te prends ?! Ton comportement va poser problème pour la suite de ta carrière », etc.

Brûlé sur place.

Désespérément, je cherche tout de même le regard de cette maîtresse de ballet qui m'a donné l'autorisation de danser comme je le souhaitais. C'est alors que, courageusement… elle se contente de détourner les yeux.

Je sens la colère monter. Mais retenue par la peur, mon indignation reste silencieuse. La peur d'être viré, la peur de ne plus avoir de salaire, la peur de devenir un *loser*.

J'aurais simplement aimé que l'on me dise merci d'avoir sauvé un spectacle à plusieurs centaines de milliers d'euros de recette. À la place, je repars seul chez moi, encore sous le choc de ce que je viens de vivre. Le gouffre entre mon immense ambition et l'injustice que je ressens m'avale littéralement.

Moi qui voulais tant décrocher mon étoile, c'était mal barré !

Quelques jours plus tard, convoqué dans le bureau de Brigitte Lefèvre, j'essaie en vain de lui faire part de mon sentiment d'injustice, qu'elle ne peut approuver, sans risquer de désavouer ses maîtres de ballet. Une phrase ressort néanmoins de notre échange, à laquelle il m'arrive souvent de repenser, aujourd'hui encore : « Rebelle, c'est bien, mais rebelle discipliné, c'est mieux. »

Elle avait raison.

Mais il n'était pas question de cela alors. Être prêt à tout pour obtenir les grâces de mes supérieurs hiérarchiques, hors de question.

*

Quelques années plus tard, la compagnie part au Japon pour danser *Don Quichotte.* Titulaire cette fois-ci, j'ai enfin suffisamment de répétitions à mon actif.

Avec deux représentations le même jour, je suis chargé de danser le premier rôle en début d'après-midi. À la fin du spectacle, toujours aussi fatigué, je salue, heureux, le public japonais, toujours très enthousiaste, puis je sors partager un ramen avec une amie japonaise. Je retourne au théâtre le soir, attendant que mon copain Francesco finisse le deuxième spectacle pour aller dans un bar caché de Tokyo.

Mon corps est dans un sale état, l'acide lactique accumulé lors de ma récente performance tétanise encore mes muscles. Je décide de m'allonger un moment en loge quand retentit soudain le retour dans les couloirs : « *François Alu est demandé de toute urgence sur le plateau !* » La malédiction frappe à nouveau. Encore une blessure d'un danseur étoile. Après avoir sillonné à toute allure les couloirs, le ton nerveux de ma directrice m'indique sans équivoque qu'il faut sauver la situation : « Bon, François, tu fais ! »

Dans cette même conjecture, malgré la fatigue extrême, n'importe lequel de mes collègues se serait exécuté sur-le-champ. Pas moi. Il faut savoir qu'en plus de ce système de remplacements bancal, du manque de répétitions pour préparer un rôle et des remontrances injustifiées que j'ai subies par le passé sur ce même spectacle, s'ajoute une autre pression des maîtres de ballet qui exigent que l'on assiste, en journée, à certaines répétitions non rémunérées, les « répètes pirates ». Ce n'est pas fini : le soir, chez nous, sur notre temps de repos, encore à titre gracieux, ils nous demandent d'apprendre la chorégraphie pour le lendemain !

Malgré la sévérité et les avertissements des dirigeants de l'institution, ma colère contre ce fonctionnement me pousse à leur montrer que leur façon de procéder n'est plus viable, raison pour laquelle je réponds à Brigitte Lefèvre, tout en désignant un danseur plus gradé, à quelques mètres de moi : « Non, je ne monterai pas sur scène. Je ne suis pas remplaçant, c'est à ce danseur remplaçant de le faire. »

Par ailleurs, le public installé dans la salle a payé sa place une fortune : hors de question de lui proposer un spectacle avec la moitié de mes capacités. Quand vous dînez dans un restaurant étoilé, vous n'attendez pas un plat tiède préparé avec les restes de la veille... La qualité doit être au rendez-vous.

Estomaquée, la directrice me demande d'abord avec un sourire crispé si « c'est une blague » avant de répéter cette phrase quatre fois, sur un ton crescendo, puis de me hurler dessus en concluant par : « Jamais en vingt ans personne n'a osé s'adresser à moi comme ça. »

Épuisé physiquement par le spectacle de l'après-midi et émotionnellement par mon altercation avec elle, je coupe court à la discussion et tourne les talons pour m'allonger en loge. Une fois le ballet fini, réveillé par les retours, je prends mes affaires et rentre à l'hôtel avec mes collègues qui, à l'exception de Francesco, me fusillent tous du regard, comme si mon refus d'obtempérer les affectait directement – en raison d'une confusion entre leur individualité et la marque prestigieuse pour laquelle ils travaillent ? Encore un peu amorphe, je ne comprends pas ce qui se passe. Jusqu'à ce que l'un d'eux me glisse : « Tu n'es pas digne de faire partie de l'Opéra. T'es vraiment con. En plus, si tu avais remplacé, tu serais sûrement danseur étoile maintenant… » (Il est arrivé, très exceptionnellement dans l'histoire de la danse, qu'un sujet[1] soit nommé danseur étoile.)

Pourtant, si c'était à refaire, je reprendrais la même décision. S'opposer à la doxa constamment est contreproductif, nous avons besoin de collaborer pour réaliser de grands accomplissements. Néanmoins, la friction reste essentielle, puisque c'est d'elle qu'émerge l'énergie nécessaire à toute création ; c'est d'elle que jaillit l'étincelle créatrice, dans le même geste que nos ancêtres avec les silex. Indubitablement, dans l'excès, la combustion mène aussi à la destruction, c'est pourquoi il me semble que dans le

1. Troisième grade sur cinq, le cinquième étant l'étoile.

cosmos, comme chez les êtres vivants, comme dans un corps, certaines parties sont faites pour exécuter, certaines pour créer et d'autres pour détruire.

Le principal, c'est de trouver sa place à chaque instant.

*

Le retour du Japon est particulièrement difficile et les mois qui suivent, emplis de doutes. Je me sens rejeté par la compagnie, je n'y trouve plus ma place. À tel point que je commence à m'interroger sur le fait de changer de vie, de trouver un travail m'offrant davantage de liberté, moins de contraintes, avec des règles plus justes. Je rêve de lancer un business avec mon meilleur ami de l'école de danse, Alexandre, devenu danseur à Perth, en Australie ; je le contacte et nous réfléchissons ensemble à faire de l'import-export de produits entre l'Australie et la France. Bien que nous ayons lu pas mal de littérature sur le sujet, le projet restera au stade d'idée flottante. Pas assez de fonds ni d'énergie pour gérer Opéra et business de front. Incapable de mener ce projet à son terme, je ne me sens bien nulle part. Nulle part à ma place.

Mes frustrations s'immiscent alors pernicieusement dans la sphère intime. Quelques relations s'enchaînent mais mon état de stress dévaste chacune d'entre elles, les conduisant irrémédiablement à l'échec. Seule une histoire d'amour avec une danseuse de l'Opéra persiste pendant plusieurs années. J'en garde de très bons souvenirs, mais elle finira elle aussi par s'achever.

Jusqu'à ce jour où, après avoir discuté sur Facebook, je donne rendez-vous à une nouvelle femme. Aux abords de mon lieu de travail.

Dès le premier regard, je le sais : c'est elle, mon étoile.

*

Après avoir fait plus ample connaissance avec Delphine, je tombe définitivement sous son charme et compte entre autres sur son discernement pour me soutenir dans l'obscurité de la situation professionnelle déplorable que je traverse. J'ignore encore que dans une relation amoureuse, l'autre n'est pas un sauveur : nous sommes les seuls responsables de ce qui nous arrive… Dans les rainures des ventricules de mon cœur, semblables à celles d'une fleur bleue, coule la conviction que lorsque nous aimons, nous devons nous oublier totalement dès que notre moitié a besoin de nous. Erreur.

Après m'avoir éclairé de son savoir, dans cette relation construite sur un rapport de force dans lequel elle a l'avantage, je remarque, stupéfait, qu'elle jalouse mes maigres accomplissements. Comme ce soir où, après que j'ai été invité à prendre la parole pendant dix minutes au cours d'un événement un tantinet huppé, au lieu de célébrer cette expérience avec moi, sa réaction consiste à se braquer, se renfermer sur elle, m'envoyer des piques. On croirait presque à de la jalousie, alors que la rose n'a rien à envier à la pâquerette. Une réaction sûrement liée à un manque de confiance en elle.

Tristement, sa lumière, au lieu de m'éclairer, m'aveugle et m'étourdit.

En dépit de toute raison, je reste attaché à elle pendant presque un an… En amour comme en danse, la loi de la gravité s'applique. Raison pour laquelle il faut travailler la puissance et la dextérité de nos pieds dans un cours de danse classique. Un exercice spécifique est même dédié à cela, il s'appelle les dégagés. L'idéal n'est pas de donner ni de se prendre des coups de pied[1], bien qu'ils soient parfois nécessaires à l'apprentissage, mais plutôt de les renforcer… Que je le veuille ou non, il me faudra savoir dégager certains membres de mon entourage pour continuer à avancer.

Qui sait, peut-être qu'avec de l'entraînement, mes pieds pourraient me faire atteindre la vitesse de la lumière ? Ondoyant, peut-être pourrais-je alors côtoyer les astres…

1. La partie supérieure du pied qui, plus elle est cambrée, plus elle est appréciée dans notre métier, se nomme le cou-de-pied.

DÉGAGÉS

Exercice à la barre qui consiste à tendre son pied en brossant le sol en partant de la cinquième position, pieds croisés, afin de travailler notamment le coup de pied.

Depuis le début j'aurais dû me douter qu'était cachée, dans l'esprit de cette tortionnaire tristement tranchée,

Une petite fille toute balafrée, dont il serait difficile de se séparer…

Comment pouvait-elle s'être entichée de moi ? Vive, sensible, créative au doux minois.

Avocate fantastique,

Dotée d'une parfaite maîtrise de la syntaxe et du lexique,

La petite Delphine, gratifiée d'un corps très athlétique,

Se voyait dans le futur chausser des patins pour réaliser des figures épiques.

Entravée par un épisode tragique,

Elle verra son rêve se briser.

Jamais ses parents n'avaient assisté à aucun de ses événements. Pas même le jour de l'accident, où elle fêtait ses dix-huit ans…

C'est pourquoi je pense qu'inconsciemment,

Après une mauvaise réception de saut, elle déchiqueta brutalement tous ses ligaments,

Ainsi que les liens avec ses parents…

Sa carrière fut mise à l'arrêt définitivement.

Tristement, personne ne lui rendit visite à l'hôpital, excepté son grand-père,

Qui malgré sa maladie, lui témoignait tout son amour en lui exprimant à quel point, d'elle, il était fier.

Au lieu de revêtir une tunique brillante aux couleurs exotiques,

La future avocate sera condamnée à porter une robe de contrat de la couleur la plus cynique.

Vingt ans plus tard, après six mois de relation, nous venons de finir de dîner dans un jardin d'hiver. Après m'avoir conté cette perturbante histoire,

D'un ton péremptoire,

Elle m'annonce qu'elle doit dormir seule ce soir. Conciliant, je la raccompagne donc chez elle, puis je pars.

C'est la veille de son anniversaire. Nous sommes vendredi soir.

Son téléphone sonne. C'est l'hôpital...

Abattue, toute pâle,

Elle m'annonce que son grand-père n'est plus que poussière.

Puis d'un ton austère :

« La vie me pille, c'est fini... Plus de famille... »

Traité comme un être ordinaire par père et mère,

Incapables ne serait-ce que de lui envoyer le jour même un simple message de joyeux anniversaire,

Sa vie suivait son cours, en enfer...

Je la pris dans mes bras une dernière fois avant de rentrer chez moi.

Tôt le lendemain matin,

Pour ne pas réveiller mes deux amis encore assoupis chez moi,

Je décide de lui envoyer un texto : « Bon anniversaire ma chérie, je pense fort à toi, je t'appelle dans une heure ! »

Une minute plus tard, mon téléphone se met à vibrer. C'est elle.

Sans décrocher, j'active le mode silencieux. Persistants, s'enchaînent alors deux, trois, dix appels !

Apeuré, je me précipite hors de l'appartement pour la rappeler. Huit heures du matin. L'assaut est lancé.

Alors que je lui explique que j'ai prévu le soir même une surprise pour son anniversaire mais que je suis indisponible jusque-là, elle s'offusque, de plus en plus brutalement, jusqu'à ce que le magma de sa colère explose et m'ébouillante... À l'entendre, je suis le plus grand des égoïstes. Plus elle insiste, plus le doute s'installe. Et si elle avait raison ? Le stress croissant provoque la panique totale de mon esprit. Tout l'amour qu'elle éprouvait pour moi se transforme en haine. J'essaie de me justifier mais ma voix ne couvre pas la sienne, ses cris dévastateurs sont si véhéments que même les murs de mon appartement suent de peur.

Au lieu de sortir l'extincteur, c'est-à-dire de prendre de la hauteur en relativisant, afin de calmer la situation et de me préserver, trop sensible, je me laisse totalement oppresser et ensevelir sous le poids de l'éboulement de ses roches bouillonnant de colère.

Ma situation familiale et amicale me donne un large avantage sur elle ; il me semble donc illégitime de me plaindre. Pire, me voilà coupable d'avoir autant de chance...

Je suis paralysé par ce parasite mental qu'est la culpabilité additionnée au manque d'estime de moi, la peur qu'elle me quitte m'affecte tellement que je suis prêt à tout. Même à annuler ma journée de travail pour essayer d'apaiser une situation qui devient terriblement pesante.

Quand l'emprise mentale s'empare de la victime, le pervers narcissique jubile, puisqu'enfin il exerce son pouvoir. Enfin, il existe ! Du moins, c'est ce que j'ai longtemps cru. Mais les « pervers » sont souvent des êtres abîmés ; l'emprise qu'ils exercent sur l'autre ne fait que les rassurer momentanément puisque les actions de ces bourreaux, au fond, ne sont guidées que par leur souffrance intérieure…

Pour en finir avec cette spirale infernale, même si ça se passe mal, la seule issue est de prendre la fuite.

De retour chez moi, mes amis me font remarquer mon teint blême. Par pudeur et fierté, je ne souhaite pas divulguer l'incident passé.

Bredouillant, je leur brode une petite maille de mensonges.

Compréhensifs, ils quittent l'appartement.

Après une journée d'angoisse à chercher comment me racheter, me voilà devant chez elle, avec des fleurs et des bijoux.

Je toque.

La porte s'ouvre.

Dans une somptueuse robe assortie au verre de vin qu'elle tient à la main, cette sublime créature m'enjôle…

Irrésistible. Un sourire niais m'échappe. Sa main caresse mon visage.

Pendant que je marmonne une phrase, tout gêné de la voir, sa langue, bouillante, sort doucement de sa bouche pour caresser ma lèvre supérieure, puis d'une secousse, elle me plaque contre le mur, m'embrasse langoureusement et claque la porte.

Après un dîner suivi d'un film chez elle, elle s'éclipse, pour noyer dans son bain cette journée mouvementée.

Au même moment, sous la couette, mon téléphone vibre : une proposition de gala de danse en Chine. J'ai carte blanche pour la chorégraphie. Je suis libre.

Tout s'améliore, finalement !

Après avoir répondu un mail enthousiaste, décidé à me consacrer pleinement à ma dulcinée qui chantonne en symbiose avec les Stones dans la salle de bains, je souris. L'eau de la douche frappe le carrelage aussi fort que Charlie Watts avec ses baguettes sur la caisse claire !

Allongé sur un drap soyeux, les yeux fermés, je m'imagine l'inviter l'année prochaine à un concert. Suivi d'un voyage surprise. Pourquoi attendre ?! Je vais l'inviter à mon gala en Chine ! Survolté, je m'apprête à saisir les bijoux dans mon sac pour les lui offrir, quand soudain, j'entends son portable vibrer.

La fin des préliminaires vient de sonner.

Sur l'écran de son portable, une notification provenant d'un site de rencontres s'affiche. Nouveau message d'un prétendant mystère...

Frénétiquement, je compose son code pin avant de découvrir, en colère, l'existence d'un certain inconnu nommé Naser.

« Moi aussi j'aimerais te prendre fort dans les bras. Je t'embrasse ma belle. »

Un fichu d'effroi caresse l'intégralité de mon corps. Je reste pétrifié.

Tous mes membres se mettent à trembler...

De retour dans la chambre, gagnée par l'euphorie, elle ouvre son peignoir, révélant une silhouette délicieusement diabolique. Quelle sadique...

Ma peine se résume à une question :

« Ça fait combien de temps ?

— Pardon ?

— Depuis combien de temps tu me trompes avec Naser ?

— Et toi ? Depuis quand fouilles-tu dans mon téléphone ?

— Sous mes yeux ton portable a vibré et j'ai vu que tu étais inscrite sur un site de rencontres. Putain Delphine, tu me trompes ?! Tu passes tes journées à me faire des crises à la con alors que t'es qu'une manipulatrice ! »

La beauté en face de moi se retransforme instantanément en furie... Elle m'insulte d'abord, puis hurle que Naser est un réfugié syrien avec qui elle discute dans les moments difficiles, puis elle retourne la situation en prétendant que si j'étais plus attentif à elle, jamais cette rencontre numérique ne se serait produite. Bouche bée, je ne sais plus quoi rétorquer…

Tout penaud, après avoir bredouillé des excuses, j'essaie de comprendre pourquoi elle ne me parlait pas de ces doutes.

Elle renverse la discussion à nouveau : si j'ai regardé son téléphone sans son accord, n'est-ce pas le signe que c'est moi qui mène une double vie ?

D'après elle, ma fiabilité a disparu. Médusé, je reste cloué sur place.

Elle m'achève en m'expulsant physiquement de chez elle.

Au moment de claquer la porte (quitte à rompre, autant partir avec la vérité en poche), sur le seuil, je lui lance : « Au fait, si tu n'as rien à te reprocher, je peux voir ton téléphone ? »

Trop fière pour refuser, elle me tend l'appareil, quand sur l'écran apparaît le message fatal :

« On se voit toujours demain soir ? »

Pauvre Naser… Une nouvelle âme bonne pour le corbillard. Mes derniers mots sont brefs : « Delphine, au revoir. »

*

Cinq ans plus tard, la lave a colmaté les plaies béantes de mon cœur, elle est redevenue cendre froide.

En rentrant d'une soirée arrosée en l'honneur de la publication du livre de mes deux meilleurs amis, j'ouvre le courrier, feuillette un quotidien.

En double page, comme résolu à s'échapper du papier, un visage familier et abîmé par la vie attire mon attention.

C'est elle. En plein procès. Hurlant sur un homme à l'allure dépravée… Son conjoint du moment, indubitablement.

Le procès est public. Une fois de plus, sans grande surprise, aux abonnés absents sont bien inscrits ses parents.

Malgré la rancœur, la peine parvient à se loger dans ma poitrine douloureuse.

C'est sûrement pour cela que je fus la cible de cette mante religieuse. Le naïf et trop amoureux, comme dans un contrat marital, finit souvent par prendre des coups de canif qui font mal…

Je me réconforte en me disant qu'avec ses travers de sociopathe, elle a au moins appris à se défendre seule en toute situation.

Une véritable Goliath.

Générant, ainsi, de percutantes performances d'avocate…

CHASSÉ

Pas de danse qui consiste à ce qu'un pied chasse l'autre, c'est-à-dire qu'il prenne sa place, par-derrière, sans prévenir.

Difficile de distinguer une étoile d'un semblant d'étoile... Cette femme était ma lumière, je l'admirais tellement que je me suis imaginé prendre de l'importance à ses côtés, devenir « quelqu'un » en me glissant à son firmament.

Elle brillait tant... superficiellement.

Comme la planète Vénus, qui prétend au statut d'étoile en empruntant le surnom de celle du « Berger ». Bien qu'elle incarne une déesse de l'Amour et de la Beauté, les malheureux qui la côtoient finiront asphyxiés, puisqu'elle n'est composée quasiment que de dioxyde de carbone[1] qui, pour conserver son charme, reste enveloppé d'un délicat manteau d'acide sulfurique !

Pour les humains traumatisés, et ils sont nombreux, deux choix sont possibles : la survie, par le développement de capacités mentales et physiques importantes, ce qui conduit souvent à une quête de domination ; ou les ténèbres et la disparition...

---

1. À 96,5 %.

Ronds de jambe

Exercice à la barre qui consiste à faire tourner sa jambe autour de soi ; les ronds de jambe aident à échauffer les hanches mais surtout à perpétuer la tradition de la flagornerie.

Plutôt que d'opter pour une séparation dans laquelle un dernier échange constructif me permettrait de réfléchir et de mûrir, j'opte lâchement pour une rupture radicale, laissant ainsi enfouies en moi toutes mes frustrations et problématiques initiales.

Comme je suis fraîchement célibataire, la solitude me pousse à me recentrer sur ma vraie étoile. Je redouble donc d'efforts dans la préparation du concours pour devenir sujet. Ce poste est sans doute le plus difficile de tous ceux de l'Opéra. En plus de l'immense charge de faire partie du corps de ballet, le sujet tient des rôles de demi-soliste tout en assurant des remplacements de premiers rôles.

Sans compter que le jury des concours de l'Opéra est majoritairement composé de membres de la compagnie et de seulement un ou deux directeurs étrangers invités pour l'occasion. C'est loin d'être gagné pour moi : un jury international garantirait plus d'impartialité, mais la direction de la danse, comme la plupart des danseurs, préfère conserver l'ordre établi qui permet, en cas de raté le jour du concours, de promouvoir un danseur connu pour son obéissance, son dévouement à l'institution, résolu à ne pas faire de vagues... C'est pourquoi les ronds de jambe sont utiles et la docilité, vivement encouragée.

Mais la docilité d'un danseur n'a rien à voir avec son talent ! Si une danseuse ou un danseur a suivi à la lettre les requêtes de ses supérieurs toute l'année et obtient une promotion alors qu'il est tombé en plein milieu de sa variation du concours, pourra-t-on compter sur lui lorsqu'il sera seul sur scène, que les spectateurs auront payé leur place et qu'ils assisteront à sa chute ? Seul devrait compter le jour J du concours, du moins à partir du grade de demi-soliste.

*

Pour la préparation de ce concours, en raison d'une blessure, mon temps de travail est divisé par deux puisque l'autre moitié est dédiée aux soins.

Le jour de l'échéance, afin de ne pas perdre davantage de temps et d'éviter de sortir de ma bulle de concentration en parlant à qui que ce soit, je ne passe ni à la coiffure ni au maquillage... alors que c'est obligatoire.

Malgré cet écart et le jury trop partial, je parviens à gravir ce nouvel échelon : Brigitte Lefèvre aime bien les rebelles et je l'en remercie !

Malheureusement, ce n'est pas le cas de tout le monde...

Après ma promotion au rang de sujet, je ne ferai qu'entendre s'agacer les maîtres de ballet et danseurs de la compagnie, hors du jury : « Comment ce jeune effronté, qui n'obéit pas, qui danse ni maquillé ni coiffé, parvient-il tout de même à finir major, encore une fois ? »

Je comprends que mon comportement ait été interprété comme un affront mais ce n'était aucunement ma volonté.

Ce que j'ignore, ce sont les tours que cela va me jouer par la suite. Beaucoup de compétiteurs sont prêts à employer n'importe quel stratagème pour décrocher leur étoile… Des alliances vont se créer, et certains danseurs et maîtres de ballet se liguer contre moi. Avant d'être touché, je n'y vois que du feu, comme des astéroïdes au loin.

Les astéroïdes[1], astres apocryphes, errants, flottants, menaçants, en permanence en quête de pouvoir, sont prêts à tout pour parer à leur déficience. Loin de l'étoile flamboyante, ces astres ne sont que la résultante d'une coagulation de poussières, fruit de violences cosmiques passées. Leur incapacité à briller assèche profondément leur joie de vivre. Pour remédier à cela, ils étanchent leur soif avec un amer nectar de névrose. Désinhibés, ils cherchent à se faire remarquer en entrant en collision avec leurs semblables, de façon sournoise, afin de les anéantir. En amplifiant leurs faits et gestes auprès des personnes de pouvoir, comme le ferait un mauvais danseur, l'exercice des ronds de jambe crée du lien et contente momentanément l'interlocuteur.

Est-ce le bon comportement à adopter pour survivre dans cette jungle contemporaine ? Probablement.

1. Du grec *aster*, « étoile », et *oide*, « semblable ».

Dans ce monde gouverné par la politique, l'argent et les lourdeurs administratives, où l'on ne choisit pas souvent les personnes qui gravitent autour de nous, en boxeur redoutable, l'astéroïde sait feindre l'amabilité pendant un temps, avant de venir uppercuter son rival au moment opportun.

Pas de valse

Un pas en trois temps qui s'exécute de diverses manières, ce qui, malgré sa forme a priori simple, le rend profondément complexe et souvent mal compris.

Les dents serrées pour continuer à avancer, à travailler le soir, en plus de mon emploi du temps chargé et de l'ambiance délétère, je finis grâce au soutien de mon coach Samuel par atteindre le grade de premier danseur. Me voilà soliste, ce qui signifie que je n'ai plus besoin de participer aux chorégraphies de groupe.

Brigitte Lefèvre quitte au même moment l'institution après plus de vingt années de règne. Une protection en moins. Dommage. Surtout quand les astéroïdes attaquent de nouveau…

Plutôt que de me trouver au cœur de luttes infernales avec les maîtres de ballet, j'aurais préféré qu'ils partagent avec moi leur vision artistique de chacun des pas, afin que je puisse leur proposer la mienne et que l'on trouve ensemble comment offrir le meilleur spectacle possible. Je n'ai pas toujours raison, mais je n'ai pas que des mauvaises idées non plus… Pourtant, toutes mes suggestions de modifications artistiques se trouvent rejetées, les unes après les autres.

On me force, sans argument valable, à exécuter des ordres, comme à l'armée. Mais j'ai besoin de comprendre ! La seule explication que je reçois : « On a toujours fait comme ça, tu dois obéir, c'est la version. »

L'art reste subjectif…

*

Je viens seulement d'avoir vingt ans… J'ai besoin d'être aiguillé mais je l'ignore encore. Je passe mon temps à remettre la faute sur le dos de l'Opéra qui n'a pas su utiliser la totalité de mon potentiel pour me permettre de m'épanouir pleinement. Avec le recul, je sais que ce qu'il m'aurait fallu, c'est qu'on m'encourage à me dépasser, à utiliser mes propositions artistiques singulières tout en m'offrant un cadre structurant et rassurant : être ainsi accompagné permet de grandir et de se forger un mental d'acier, une conscience, un équilibre.

À la place, le conflit prend le dessus, plus spécifiquement pendant les répétitions des chorégraphies de Rudolf Noureev.

Alors que je ne cherche qu'à offrir le meilleur spectacle possible, convaincu de mes décisions artistiques, il m'arrive souvent d'introduire quelques nouvelles combinaisons de pirouettes ou des sauts que je juge plus impressionnants que ceux chorégraphiés initialement dans l'œuvre, ce que font les solistes partout dans le monde !

Ce parti pris d'innover, acclamé par le public lors des spectacles, s'oppose à la vision conservatrice des maîtres de ballet, ce qui exacerbe leur agacement et corse rapidement nos échanges…

Mes supérieurs hiérarchiques m'envoient valser, quoi que je propose. Je sens qu'ils veulent me mater, me montrer qui a le pouvoir... Ils prétendent préserver l'œuvre chorégraphique originelle, or, dès que je change de maître de ballet, le nouveau répétiteur me demande une autre version chorégraphique que celle travaillée avec le précédent. J'ai déjà du mal avec l'autorité, mais avec l'autorité contradictoire, encore plus.

À l'Opéra, il est moins question de respect envers un défunt chorégraphe que d'une frustration persistante qui s'exprime, liée à une carrière remplie de regrets. Cela conduit les répétiteurs de cette période à entretenir une attitude souvent autoritaire, menaçante, qui pousse même parfois certains à hurler sur les danseurs. Ces comportements répétés signifient que leurs faibles arguments ne suffisent pas à convaincre la personne dirigée et à en extraire le meilleur. À l'exception de quelques rares fois où des étoiles et des coachs invités ont pris le temps de m'expliquer leurs choix.

Je pense notamment à Wilfried Romoli, danseur étoile et professeur de l'École de danse, auprès de qui, au détour d'une conversation dans un couloir de Garnier, je pestais sur cette façon que les maîtres de ballet avaient de faire travailler leurs danseurs. Après que je lui ai fait part de mon agacement au sujet du manque d'arguments et de la vision d'une maîtresse de ballet quant au rôle principal que j'incarnais, et plus précisément un saut que je voulais changer dans *Cendrillon*, Wilfried m'a répondu en ces termes :

« François, tu trouves la double cabriole plus spectaculaire que la cabriole battue devant derrière initialement chorégraphiée par Noureev, mais celle-ci nécessite tout de même de se demander pourquoi elle a été mise en place dans cette œuvre ! En effet, un personnage comme Solor peut s'exprimer avec une double cabriole, c'est dans son lexique de guerrier, démonstratif, fougueux et héroïque. En revanche, le prince de Cendrillon que tu incarnes utilise un vocabulaire plus châtié, plus élégant et donc davantage dans la retenue… »

Comprendre le personnage plutôt que d'éblouir le public à tout prix, voilà un argumentaire qui tenait la route ! Résultat, lors de mes derniers spectacles, j'ai retiré mon saut « plus spectaculaire » pour danser la version chorégraphique imposée sans rechigner, puisque l'intention initiale était devenue claire. Jamais plus, ou presque, je n'ai reçu ce genre d'explications d'un maître de ballet.

Obéir sans comprendre, c'est vivre dans la vision d'un autre.

En regardant procéder les professeurs des pays scandinaves, on pourrait apprendre beaucoup sur un type de transmission productive. Ces pays sont connus pour mettre en place, dans leurs établissements scolaires, une politique visant à favoriser le développement de l'enfant par leur approche de l'éducation positive dans un environnement agréable et encourageant : on y prône le bien-être, l'autonomie, l'encouragement et la communication bienveillante.

En mettant l'accent sur la confiance en soi et la responsabilisation, les enseignants sont formés pour encourager les élèves à s'exprimer, à prendre des décisions et à résoudre des problèmes de manière constructive. Les erreurs, quant à elles, sont considérées comme des occasions d'apprentissage et les élèves sont ainsi incités à apprendre de leurs expériences.

Dans la sphère professionnelle, quelques groupes internationaux ont aussi compris qu'encourager les salariés à prendre des responsabilités, à partager leurs idées, leurs perspectives, tout en développant des projets personnels, favorise un environnement de travail valorisant. La quête de sens et la cohésion d'équipe sont même devenues essentielles pour la majorité des salariés.

Travailler ensemble plutôt que les uns contre les autres multiplie les gains, booste la créativité et donc l'innovation, ainsi que les apprentissages et l'originalité d'un produit commercial ou artistique !

À cette époque, l'Opéra est loin de cette mentalité. Contraint par ce fichu lien de subordination, après plusieurs échanges musclés, je finis par abdiquer en subissant péniblement les ordres et exécute ce que l'on me demande de faire lors des répétitions.

En revanche, sur scène, le soir du spectacle, hors de question de troquer mon intégrité artistique contre quoi que ce soit : je danse à ma façon avec les quelques modifications que je souhaite incorporer dans la chorégraphie depuis le départ.

Les remontrances se multiplient…

Alors que j'ai signé un contrat d'artiste interprète, je me rends finalement compte que je ne suis qu'un exécutant qui prête son corps et donne son temps pour exécuter la vision d'autrui.

Je suis un ouvrier de la danse.

DÉTOURNÉ

Lorsque l'on fait un exercice à droite, par souci de symétrie, il est important de le faire aussi à gauche. Pour travailler le cardio et enchaîner les combinaisons sans interruption, ce pas de liaison permet de passer d'un côté à l'autre...

Contrairement aux autres échelons du ballet de l'Opéra de Paris qui se franchissent à coups de concours de promotion, le titre prestigieux de danseur étoile s'obtient sur nomination : on devient étoile sur décision du directeur général de l'Opéra de Paris après proposition de la directrice ou du directeur de la danse. S'il accepte, vous obtenez le Saint Graal.

N'étant plus qu'à un échelon du grade suprême, je suis prêt à faire quelques efforts supplémentaires. À courber l'échine. Du moins... ma tête le souhaite, mais mon corps n'y parvient pas. À chaque tentative de soumission, mon dos se bloque.

Par ailleurs, puisque je décide de conserver mon intégrité artistique quand je suis sur scène, quitte à désobéir et à générer des conflits, j'en paye le prix.

Pour la première fois de ma vie, pendant trois ans, je ne monte plus dans la hiérarchie. Rien de pire pour un danseur que l'absence de mouvement.

*

Obnubilé par cet objectif stellaire, en conflit interne entre mon authenticité artistique et mon ambition de cueilleur d'étoile, je suis de plus en plus exécrable. La solitude s'empare alors de moi, les questions se bousculent. Pourquoi cette période de vie est-elle aussi injuste pour moi alors que des danseurs plus jeunes ou que je juge moins bons accèdent à ce titre suprême ? Ce n'est pas la partie de moi que je préfère, mais oui, cette pensée envieuse m'a hanté durant des années. Plutôt que de chercher à y remédier, je me plaignais vainement… Mon ambition et mon égocentrisme m'étourdissaient. Vingt ans plus tard, je comprends que si je pensais « mériter » mon étoile, mes concurrents, eux, en avaient « besoin ». Certains pour envoyer de l'argent à leurs parents dans un pays en grande difficulté, d'autres pour que leur père, enfin, les considère et renoue le lien, d'autres encore pour ne plus jamais entendre qu'ils étaient des minables, des moins-que-rien. Prêts à tout parce qu'il y allait de leur survie mentale. Leur « raison de vivre » les poussait à accepter des ordres et des compromis sur l'intégrité artistique que jamais je n'aurais été prêt à faire, d'où cet arrêt net dans l'évolution de ma carrière. Mais à cette époque, je l'ignorais et je les jugeais.

En observant attentivement mes collègues au firmament de notre art, j'ai ainsi découvert qu'un autre chemin existait. Plus obscur, plus périlleux, dans lequel de nombreux danseurs sont prêts à s'engouffrer pour décrocher plus rapidement leur étoile. Un chemin bien trop coûteux à mes yeux… Nous l'avons effleuré avec les ronds de jambe : indicible en société et pourtant très prisé, je parle bien ici du célèbre *pacte avec le diable.*

*

Croyez-en mon expérience, plusieurs y ont succombé… Le porteur de lumière, Lucifer, n'hésite pas une seconde à vous offrir ce que vous désirez. Mais attention, dans le contrat rien n'est gratuit, tout est compris…

La transaction est simple : vous satisferez votre désir le plus profond, en échange de quoi vous troquerez, pour l'éternité, la propriété de votre âme.

Dans un monde plus tangible, cela se traduit par l'acceptation d'une ou de plusieurs actions, à commencer par la dévotion absolue à votre supérieur. Absence totale de rébellion face à ses dires, pleine acceptation des humiliations qu'il vous fera subir, entière soumission aux souffrances physiques abominables qu'il vous infligera, à la pénétration du venin projeté par les crocs acérés de son serpent en vous, et j'en passe… Cet accord mène certains à la folie.

En somme, il s'agit d'accepter d'agir contre sa volonté fondamentale, de trahir le « fond du mental »… de trahir son âme.

Alors que je contemple certains de mes collègues qui ont choisi de conclure ce pacte diabolique, une vive douleur résonne dans tout mon être. Je me déteste. S'amorce alors une spirale infernale, hypnotisante, où la tentation de m'infliger des maux s'amplifie… Plutôt que de me remettre en question et de prendre soin de moi, j'aggrave mon cas.

Pour mobiliser son corps en toute sécurité, pour s'épargner un coup dur, il est préférable de bien se préparer, de bien s'échauffer pour performer à son maximum. J'ai eu longtemps l'illusion que ma jeunesse, ma physiologie, me préservait de toute blessure, donc j'allais en scène à froid. Quelle ânerie et quelle mauvaise habitude !

L'exercice suivant en témoignera.

Les pliés servent à échauffer les genoux.

Cette friction entre soi et les autres, entre « je » et « nous », est essentielle pour nous préparer à toutes les réceptions de grands sauts à venir, même si nous avons déjà expérimenté tant de fois la chute : enfants, nous sommes tous tombés des milliers de fois avant de savoir vraiment marcher. La souffrance instantanée est inhérente à l'obtention de ce que l'on recherche.

Et peut-être que par pitié, une étoile généreuse et délicate aura à son tour l'amabilité de venir m'éclairer avant que je ne m'effondre…

PLIÉ

Exercice à la barre qui consiste à effectuer des flexions répétitives des genoux destinées à les protéger mais qui n'a malheureusement pas pu éviter l'érosion de mes cartilages après des centaines de milliers de sauts...

Les notes de pluie retentissent sur le clavier de la route des chagrins.

Les misérables recherchent l'éclat du soleil sur la partition du tumulte des chemins.

Apeurés par l'obscurité, les cœurs cognent à la porte du désarroi,

Implorant qu'on les délivre de ce cycle infernal, happés par le vide, ils tournoient,

Désemparés par l'inaptitude à agir.

Pourquoi s'imposer à la vie alors qu'on peut se contenter de fuir ?

Pendant que certains s'enveloppent dans de chaudes et douces couvertures réconfortantes en coton,

D'autres au faciès rubicond, enivrés par des fioles de poisons étourdissants, allongés sur un morceau de carton, se font flageller par une pluie de clous virulente.

Ce jet brutal frappe aussi les tuiles des toitures, créant à chaque seconde un bruit tonitruant, telle l'explosion d'un pot d'échappement de voiture.

Quant à la morne face de ces immeubles grisâtres, à l'expression d'une tristesse immuable, avec pour regard des rectangles vitrés emprisonnés... comment s'envoler et aimer avec des barreaux devant les yeux qui occultent la piste ?

Le regard se nourrit de ce qu'il contemple, la monotonie abasourdit puis détruit.

Les effluves toxiques que les pupilles des carreaux respirent font perler des larmes prémonitoires d'une pulvérisation prochaine...

Confortablement allongé dans mon lit, accompagné de mes bières et de mon whisky-Pepsi,

En demi-teinte, je broie du gris.

Probablement le spleen du dimanche ou du samedi...

Je ne sais plus.

Musique de chambre avec en fond un air de Mahler,

Le tabac que j'inhale pour m'envoler, malheureusement tape ma tête pendant que les cendres qui en chutent scindent ma couette en deux comme une ligne Maginot, avec de chaque côté des monstres pratiquant la politique de la terre brûlée.

La zone dans laquelle je me situe est tristement sans équivoque.

Je suis sûr de perdre la guerre...

Mes armes, mes instruments, plus rien ne fonctionne.

La colonne de mes vertèbres hurle, les cordes de mes tendons, détruites par l'arthrose, comme si un archer s'était frotté impunément sur mon violon, ne peuvent plus rien exprimer, plus rien si ce n'est que la si do ré(e) croche mon do noir de doutes.

Sans accord, la danse a violé mon corps pour le bonheur d'autrui, même si, je le confesse, parfois j'ai joui.

Mais aujourd'hui, à l'unisson, je geins de l'intérieur.

Je suis un clavecin au bois suranné.

La seule chose qui me soit permise, c'est de contempler mes mains danser sur les touches du clavier.

La seule mélodie sur laquelle je peux encore m'exprimer est caractérisée par les cliquetis des petits carrés de mon ordinateur,

Cela me rappelle la pluie qui tombe certainement en ce moment ailleurs.

Les applaudissements ne sont même plus là pour colmater les fissures du cuivre, de l'os ou du bois.

Alors pour me consoler, je bois.

Plus je bois, plus je plie avec aisance les canettes de bière qui s'amassent autour de moi, mes piliers protecteurs...

Mais à quoi bon ?

Qui se souviendra de ces instants au combat, en scène, de ces écrits, de ces rires, de ces malheurs ?

À part mon cœur... personne.

J'ai passé ma vie à lutter, ça n'a jamais marché comme je l'espérais, jamais atteint le mouvement parfait, le climax de la syntaxe, alors que d'autres en un instant brillent et font tout léviter...

Je m'y suis sûrement mal pris. L'ai-je fait pour convaincre quelqu'un plutôt que pour moi-même ?

Mes dernières forces de réflexion viennent de quitter la pièce.

La lueur du soleil soudain se lie à la pluie et pourfend les ténèbres précédemment inscrites. Multicolore, elle se dessine, elle est sublime, la tyrolienne de la vie. Cet arc-en-ciel qui lie l'eau et le feu, le Bien et le Mal, le haut et le bas, les énergies de la vie.

Je me sens alors partir... Une fois mon écran d'ordinateur rabattu, je quitte mon lit et me penche à la fenêtre.

Je décide alors de l'emprunter.

Mes membres s'apaisent et s'assouplissent, je me transforme en jonc, en clé de sol pleureur.

Et je rejoins heureux les anges de la partition de la vie, le cœur rempli de souvenirs.

Apaisé, je m'en vais ailleurs.

ADAGE

L'adage est un exercice constitué de différents pas de danse qui s'effectuent généralement très lentement, lui donnant un côté suranné.

Véritablement, je ne vais nulle part.

Le temps avance et je stagne.

Cinq ans ! Cinq ans que je suis bloqué au poste de premier danseur. C'est long...

De moins en moins de premiers rôles, de moins en moins d'articles dans la presse, de moins en moins de vitalité. Et de plus en plus de danseurs nommés étoiles.

Même si, à chacun de mes passages en scène, le public, constant, me transmet son soutien indéfectible (je l'en remercie ici du fond du cœur), le sentiment d'incapacité à décrocher mon étoile me dévore de l'intérieur. Alors à mon tour, pour compenser, je dévore. Mes crises d'hyperphagie restent indécelables, puisque l'intensité et la quantité de mon activité physique perdurent. Mais intérieurement, la souffrance infuse et persiste.

Les humains ne sont pas les seuls à avoir cette capacité d'autodestruction en eux. Notre galaxie même, en son centre, est dotée d'un trou noir super-massif qui annihilerait absolument tout objet spatial à proximité. Le risque de ne jamais en ressortir indemne est quasiment certain. À moins de posséder la capacité de se reconstruire, plus tard, et d'en ressortir finalement transformé.

*

Quelques années plus tard, j'observe qu'en arrêtant de me voiler la face, je parviens enfin à laisser irradier la lumière à travers les ténèbres. J'ai dû accepter la part d'obscurité de ma vie puisque, sans obscurité, il n'y a pas de clarté et donc, pas d'équilibre cosmique…

J'ai commencé par observer et accepter que la « nature », souvent dissociée de l'humain et placée sur un piédestal, garde une part d'ombre importante en raison de la violence dont elle fait preuve.

Le chat, par exemple, animal préféré des Français, doté d'un pénis hérissé de cent cinquante spicules, force les pauvres chattes à subir l'acte dans la douleur. Les dauphins, adorables avec l'homme, se révèlent être des monstres violeurs entre eux. Côté plantes, certains diront que la majorité d'entre elles ont tendance à s'entraider, mais elles ne sont pas exemptes de violence. Le lierre se sert des autres plantes comme tuteur avant de finir par les étouffer pour s'en nourrir, et le drosophyllum, le rossolis royal ou la griffe du diable sont ornés de feuilles collantes prêtes à piéger les insectes qui se poseraient sur eux, pour les dévorer par la suite.

Reste le meilleur exemple que j'aie trouvé pour illustrer ce propos : les lucioles manteuses, qui génèrent leur propre lumière afin d'attirer les mâles pour n'en faire qu'une bouchée, afin d'assurer leur survie. Pourquoi ? Parce que la lucibufagine, une molécule dont le mâle est fortement composé, est un stéroïde naturel qui, une fois ingéré, rend les femelles si repoussantes que leurs prédateurs, les araignées, s'en tiendront le plus éloignées possible.

Doit-on « excuser » la luciole parce que son comportement est « naturel » ? L'humain n'est-il pas logé à la même enseigne lorsqu'il est seulement question de survie ? À l'image de ces danseurs : ont-ils une autre possibilité que d'arriver au sommet pour vivre ? Quitte, pour y parvenir, à recourir aux coups bas et à la servilité…

L'équilibre de l'univers n'est pas régenté par la notion moralisatrice du bien et du mal : le trou noir n'est pas méchant, il est, c'est tout ; comme la Terre qui tourne autour du Soleil, ce n'est ni bien ni mal, c'est un fait, point.

Ce que je veux dire ici, c'est que chaque être, animal ou humain, adopte des comportements avec une part d'excès et de destructions, par peur, par instinct de survie, comme une défense, sans prendre en compte l'impact que cela aura sur autrui. Ces attitudes, certes répréhensibles sur le plan de l'éthique, de la morale, ne font-elles pas néanmoins partie d'un grand tout équilibré par des principes qui nous dépassent ?

Certaines parties créent et partagent, d'autres détruisent…

Il n'y a pas de lumière sans ombre ni de bien sans mal.

Ignorant et impulsif, au lieu de comprendre mes détracteurs et de m'inspirer de leurs erreurs pour me créer une nouvelle condition qui me convienne, j'emprunte la voie de la rébellion et je souffre.

Je ne comprendrai que plus tard que c'est l'égocentrisme, nécessaire pour répondre aux besoins que requiert notre art, qui m'aura aveuglé toutes ces années concernant l'autre. Mais cette adversité, source de souffrance et de trauma, m'aura aussi endurci, épaissi et fait grandir.

Pour le moment, la difficulté mène la danse…

ENTRECHAT

Mouvement de danse classique qui consiste à sauter en conservant, malgré l'entrecroisement, les cuisses bien serrées, pendant que les pieds, en bas, travaillent rapidement.

Dans le milieu dans lequel j'évolue, la dure réalité ressemble fort à « la nature » : une fois au sommet, on reste entre soi, on ne vient pas soutenir celui qui a besoin d'aide… On l'exploite, on l'escroque et on le croque.

Entre chats, ils s'amusent à égratigner les muridés qui trottent sous les toits, voici pourquoi on appelle les danseurs « petits rats »…

Ces « rats » sont en quête du statut de star ; ignorants, ils le sont pourtant déjà ! Il suffirait de changer leur paradigme, en inversant l'ordre de lecture des lettres du mot qui les caractérise…

Malheureusement, trop souvent prisonniers de convictions erronées, nous nous retrouvons confrontés à une règle incontournable : quand un atome se révolte contre un corps, quand le rat se révolte contre le chat, quand le chat se révolte contre l'humain, quand l'humain se révolte contre la nature, rien à faire ; malgré l'injustice, l'individu seul ne peut rien face à un organisme plus puissant. À l'exception de celui qui saura se changer de l'intérieur…

Révoltade

Saut qui se révolte fortement contre les lois de la gravité puisque non seulement il s'éloigne du sol mais en plus, quand il est très bien exécuté, il s'effectue quasiment à l'horizontale !

Depuis le départ de Brigitte Lefèvre, je n'ai plus vraiment de soutien au sein de l'institution. Mon attitude déplaît. Le déclin démarre.

Finalement, je ne fais que vivre ce dont je rêvais depuis très jeune : une véritable immersion dans l'adversité.

Sur le conseil d'un ami, j'entame une thérapie avec une psychologue. Un peu gêné, je ne me sens pas vraiment légitime dans cette démarche : mes parents sont vivants, je suis en bonne santé, seules quelques difficultés dans mon travail semblent m'entraver...

Pourtant, en souplesse, avec beaucoup de douceur et d'empathie, ma thérapeute me fait prendre conscience en quelques séances que l'on commence la vie sans se connaître. Un peu comme si l'on démarrait une partie de poker en misant son argent sans regarder ses cartes...

Si seulement j'avais commencé ce travail sur moi gamin, plutôt que de rabâcher sur les bancs de l'école des dates inutiles dont je n'ai pas le moindre souvenir ni l'usage aujourd'hui, j'aurais sûrement gagné du temps.

Mais l'analyse demande de la patience, les fruits verront le jour plus tard.

*

Un jour, de retour à l'Opéra après une semaine de repos, des bruits de couloir parviennent à mes oreilles : le directeur de la danse veut partir… L'une de ses « amies », qui est aussi ma collègue, me glisse qu'elle a entendu dire qu'il voulait me nommer étoile.

Ce fameux soir de nomination arrive.

Excité, je ne pense plus qu'à cette étoile. Dans une forme physique éblouissante, soucieux de décoller toujours plus haut, je danse sept heures par jour et ne fais plus qu'un seul repas quotidien. Sans oublier les huit kilos perdus grâce à ma récente séparation. (Merci Delphine !)

Sur scène, je retiens ma respiration à chaque saut pour créer cet effet de suspension qui émerveille le spectateur. Dans chacune de mes pirouettes, mes abdominaux sont sanglés et mon dos, aussi rigide qu'un bloc de chêne massif. Après quasiment deux heures de spectacle, arrive la coda[1]. L'effort physique intense entraîne une surcharge d'acide lactique dans mon corps qui provoque la tétanie de mes muscles. Je sais que c'est la dernière ligne droite. Alors je tiens bon.

Ce n'est plus mon corps qui danse, mais mon esprit. Si je m'étais écouté, je serais resté en coulisses, plié en deux au-dessus d'une poubelle à suffoquer et à cracher des glaires d'épuisement. À la place, je lutte.

1. Court passage intense constitué d'un duo et un solo.

Pour mes parents assis dans la salle, pour le public venu m'applaudir. Pour ma partenaire qui compte sur moi.

Avant chaque porté, j'essaie de reprendre mon souffle mais le costume qui gaine mon thorax m'empêche de respirer correctement, alors, en apnée, les biceps en feu, j'amortis au maximum chacune des réceptions de ma partenaire. Éreinté, je la propulse pourtant le plus haut possible à la force de mes cuisses, de mes bras engourdis, afin qu'elle brille. Pour la mettre en valeur, à cet instant, je m'oublie totalement.

Enfin, juste avant d'attaquer le dernier manège de doubles assemblées, concentré sur les sept sauts qui me séparent de mon titre d'étoile, je décide de tout donner, d'essorer mon corps jusqu'à la dernière goutte d'énergie. Au lieu de terminer par un dernier double tour en l'air, à peine réceptionné sur le parquet, les tendons d'Achille en pleine extension, je rebondis immédiatement pour finir l'enchaînement par un autre double tour en l'air. Surprise. La seconde suivante, plus aucun bruit dans le théâtre. Un silence divin dans un moment de grâce. Puis d'un coup, les bravos tonitruants s'élèvent dans la salle.

La performance se termine. Il ne me reste plus une once d'énergie mais je suis fier de moi. J'ai beaucoup souffert, mais le spectateur, lui, a trouvé ce qu'il était venu chercher : un shoot d'endorphines.

Le rideau tombe, j'attends l'arrivée du directeur qui va me sacrer étoile… La lumière s'éteint. Ça y est, l'adrénaline me dévore, je trépigne sans rien montrer à personne.

La joie que je tente de dissimuler s'échappe légèrement de ma bouche. Pour la contenir, mes mandibules se crispent. Un très fin filet de son se faufile entre mes dents. Imperceptible, heureusement. Soudain, les services[1] se rallument.

Pourquoi le rideau ne se rouvre-t-il pas comme à chaque nomination ?!

C'est fini. Les danseurs s'applaudissent entre eux pour célébrer ce dernier spectacle d'une série de vingt-cinq. Des répétiteurs me donnent des « corrections » pour améliorer la propreté de l'exécution de certains de mes pas, puis tout le monde quitte le plateau. Je suis seul avec les machinistes. Abasourdi.

L'espace de quelques secondes, ma tête ne pense plus. Le rien se substitue au plein d'énergie que je viens de libérer. Le temps s'arrête. Progressivement, je comprends que mon rêve, à peine effleuré, d'une caresse, vient d'exploser, dissipant doucement les débris d'espoir dans un ailleurs inaccessible.

La déception me dévaste.

Je me douche. Prends le métro et rentre en pilote automatique. Chez moi, un torrent intarissable de larmes ruisselle le long de mes joues mal démaquillées. Mes efforts sont vains. J'ai travaillé comme un acharné pendant des années et, d'un claquement de doigts, mon rêve s'embrase et disparaît. Comme une étoile filante. Comme un fantasme…

1. Lumière générale du théâtre.

ASSEMBLÉE

Saut dans lequel les deux jambes se joignent, se collent, se caressent, et se figent l'espace de quelques instants. Tout cela, idéalement, le plus haut possible ; jusqu'au septième ciel.

Après une délicieuse fantaisie qui m'a conduit dans les airs,
Abandonnée par ta propriétaire,
Ton parfum,
Indépendant et volage,
Tel un désir insatisfait que l'on aimerait saisir comme un nuage,
Dissipe parcimonieusement sa flagrance.

Lancinante, sans raison, contrairement à ta maîtresse, c'est toi qui me pénètres et m'enivres.
Reliques du souvenir, c'est presque avec toi que je préfère vivre.
Tes volutes font virevolter mon cœur, sans rythmes sans couleurs,
Et pourtant tu réveilles en moi plein d'ardeur.

Invisible, insaisissable, évaporé dans un dédale,
Je crève d'envie de te sentir perpétuellement, petit pétale.

Ignoré,
Chaque fois que je m'allonge sur le divan,
Je te sens alors que toi tu préfères te confondre avec le temps.

Tu gis à côté de moi,
Mais cette odeur animale qui émane de toi,
Culotte,
Couverte de soie,
Me déboussole complètement.
Tu es diabolique, je me sens pathétique.
Je sais que cela t'excite de me narguer.
Complètement perdu, à la simple caresse de ton parfum sur ma joue, je deviens fou, je suis vaincu.

Addict à chacune de tes répliques,
Je fais mille tours en moi pendant que tu restes statique.
Au bord de la péremption, finalement, je trouve presque la solution.

En caressant ta peau brodée de dentelles et ton tissu charnel,
Petit à petit, le fantasme me brûle de la retrouver, elle.
Orpheline, vais-je devoir t'adopter ou reviendra-t-elle te récupérer ?
Illustre inconnue, quand te reverrai-je ?
Dans la vie vierge, dans mes rêves nue,
Peut-être jamais.

En attendant, pour mettre fin à ce supplice, j'agrippe cette petite boucle lisse
Qui déborde tout juste de l'artefact de mademoiselle
Et j'enfile la dentelle.
À défaut de moins bien la porter qu'elle,
Cela évitera qu'elle pollue mes sens auditif, gustatif ou visuel.
Que voulez-vous, le vrai amour, c'est fusionnel…

Battu

Lorsque l'on cherche à complexifier un pas en augmentant le nombre de croisés de jambes, on dit qu'il est battu, tout comme la personne qui s'acharne à atteindre un objectif sans jamais infléchir sa façon d'agir.

Depuis mon entrée dans la compagnie, je pousse tellement mon corps dans ses retranchements à chaque cours, à chaque répétition, à chaque spectacle, que tous les matins au réveil, je boite. Il me faut quinze minutes avant de marcher normalement. Je souffre, mais la douleur, dans notre microcosme, est normalisée, alors je continue…

D'un certain point de vue, heureusement que ce n'est pas si simple de décrocher son étoile. Un cadeau non mérité ne construit rien en soi. Lorsqu'on obtient tout vite, on finit tout vide.

Une nouvelle fois, je retourne au travail, espérant secrètement la survenue d'un événement magique qui fera basculer ma vie. Mais l'attaque des astéroïdes a laissé de bons cratères.

Sept ans maintenant que je suis premier danseur. Sept ans que j'attends cette nomination qui n'arrive jamais. Sept ans que je suis trop rebelle, trop différent… que je suis trop, tout simplement.

À ne plus connaître aucun succès dans la compétition de la vie, je me sens battu en permanence. Accablé par le désespoir, éreinté, je suis prêt à rebrousser chemin.

C'est pourtant souvent à quelques secondes, quelques mètres, quelques mots que se situe la porte du succès...

À bout de souffle, rattrapé par mon corps que j'ai poussé trop loin, je n'ai plus le cœur à rien. Le goût de la revanche et mon ego outrancier m'ont conduit au sommet de mon art mais sans étoile, sans reconnaissance de l'institution. Usé par tant d'incompréhension et d'injustices depuis tout ce temps, je ne suis plus qu'une coquille vide. Un mois plus tard, rattrapé par mon corps, malade, à bout de forces, je ne peux plus danser du tout pendant plusieurs semaines. Certainement le prix à payer pour emmener son corps aussi loin sans récompense. Une fois que je suis rétabli, un autre problème, encore plus grave, apparaît... Je ne parviens même plus à passer devant l'Opéra. En presque dix ans de carrière, jamais je n'ai connu une chose aussi saugrenue.

Contraint à prendre quelques jours de congé sabbatique pour mettre mon corps au repos, et mon esprit en jachère, décidé à me débarrasser de l'étau invisible qui m'oppresse, je confie mon mal-être à mon ami, monsieur R., qui, par le passé, a vécu un épisode de souffrance similaire au mien : la solution à son problème a surgi des conseils avisés de sa mère, madame A., adepte de l'ésotérisme. Raison pour laquelle il me conseille vivement de l'appeler.

*

La voix mystérieuse de cette femme de quatre-vingt-sept ans m'annonce au téléphone que le monde se divise en deux, qu'un grave incident va se produire, que l'Opéra va fermer et ma vie entière basculer. Nous sommes en novembre 2019. Je n'y crois pas une seconde, mais au fond je jubile un peu à cette éventualité. Dans le doute, il serait tout de même préférable de se cloîtrer à la campagne plutôt qu'à Paris dans mon petit appartement… Cap vers Fussy pour un week-end en famille.

Lâcher prise en pleine tentative d'ascension accroît fortement les chances de finir, quelques centaines de mètres plus bas, aplati comme une crêpe… À moins de lâcher pour reprendre prise quelque part ailleurs. Emprunter une nouvelle voie pour obtenir un nouveau résultat…

N'ayant plus aucune porte de sortie et rien à perdre, partir sans billet, voyager pour une longue durée, s'avère souvent salvateur.

Grand jeté

Le principe de ce saut consiste à bondir d'un endroit à un autre, le plus haut et le plus loin possible, afin d'obtenir le maximum de sensations fortes.

Roulant rapidement, rempli d'une multitude d'histoires,
Le bagage est essentiel au voyage de jour comme le soir.
Chargé d'émotions, de souvenirs, comme de vêtements,
Sans lui, on ne part jamais très longtemps.

Assis sur l'un des sièges de ce long moyen de transport, à mes pieds, mon bagage instable dodeline.

Le train démarre.

Embarqué par la vitesse du TGV,
Impossible pour moi de VGT.

Après avoir dégainé mon ordinateur de sa pochette, anxieux, j'écris.

Interprétant une longue et complexe symphonie, mes doigts s'agitent de plus en plus vite et forment une tempête de bruit, une complète cacophonie !

Les membres du wagon se retournent et grommellent.

D'un coup, mon bagage chute.

Les vêtements de mes sentiments se retrouvent complètement pêle-mêle. Sur mon front la sueur ruisselle.

Avec ce teint blafard, j'aurais aimé pouvoir m'effacer avec un buvard.

Soudain, deux beaux yeux noirs surgissent de nulle part. Malgré leur obscurité, ils illuminent le couloir : « Laissez-moi vous aider. »

Déboussolé par cette beauté, pas d'autre choix que d'accepter.

D'un subtil hochement de tête,

Elle m'invite à m'asseoir à ses côtés, côté fenêtre.

Je prends conscience alors que j'avais déraillé.

Après un long échange passionné, détendue, telle un saule pleureur, ma tête penche doucement sur cet épais vitrage.

Le temps était venu de poser mes bagages.

Le temps d'une courte escapade, d'un voyage.

Le temps d'un battement de cils sans retour, comme enveloppé dans du velours.

Cette suite d'événements humiliants, puis elle : était-ce un avertissement, un signe providentiel ? Les lignes du chemin de fer finissent par s'entrecroiser comme mes idées jusqu'à s'unifier. Avec un sentiment de légèreté de plus en plus exacerbé, mes pensées quittent mon être pour me conduire dans un endroit de paix.

Projeté soudainement dans cette zone inconnue avec effervescence, abandonnant mon air soutenu, place à la quintessence de mes sens.

Ici, plus aucun poids ne me retient, je vole et tourbillonne dans la verdure. Dépourvu de toute blessure, tout glisse sur moi, même mon armure.

Cette jubilation de sérénité me pousse à complètement m'adonner au mouvement : rondade, roulade, révoltade.

Rien ne peut me retenir ni me punir. Propulsé à des kilomètres de mon siège initial,

Reconnecté à mon instinct animal, j'entame une danse frénétique, une danse tribale. La liberté conquiert petit à petit tout mon espace mental.

Reprendre le total contrôle de ma propre locomotive, quelle sage initiative...

Stoooooop !

Soudain rappelé à la réalité par le détonnement du jingle... Que s'est-il passé ? Me voilà seul.

Pendant que je m'étais assoupi, elle était partie.
Je m'empresse de bondir hors du train, mais à la sortie, personne...
Mon bagage pèse maintenant une tonne. Chacun de mes pas se fait plus lourd.
Étaient-ce les circonstances, ou bien l'amour ?

Après quelques rapides petits tours dans ma cervelle
Je comprends que mon bagage émotionnel s'était rempli d'elle...
Après avoir rencontré la peine,
Je repars à présent vers d'autres horizons en quête d'une nouvelle heureuse et belle,
Rencontre accidentelle...

Prendre le train hier, demain ou maintenant,
Ce n'est pas qu'un simple voyage ou du travail dans un bureau ambulant.
Ce n'est pas qu'une opportunité de parler avec quelqu'un en sympathisant,
Une escapade, une flânerie ou un passe-temps.
C'est un moment où notre bagage se gorge de souvenirs, d'instants précieux. Qu'on le veuille ou non, en sortant,
On ne pourra plus jamais se séparer d'eux.
Alors profitons de nos voyages pour être heureux !

PIQUÉ (DU NEZ)

Ce pas de danse consiste à tourner sur soi-même en prenant appui sur une jambe. Pendant un cours, il s'effectue généralement en diagonale et de façon très répétitive : attention à son effet soporifique.

Mars 2020. Après deux heures de train, me voilà dans la maison de mon enfance. Fussy se dévoile sous les traits d'un village accueillant, calme, chaleureux et plutôt lumineux face à l'étrange tumulte que traverse le monde.

Heureux de me voir, mes parents prennent soin de moi. Jour après jour, je commence à me détendre, à oublier ma situation professionnelle bancale.

Plutôt que de continuer à s'acharner sans cesse, parfois, rien de tel que le repos. Nous le savons tous, mais au profit du gain, de la réussite ou de l'ascension, on oublie souvent les bienfaits du sommeil... Schopenhauer recommandait déjà jadis de ne pas lésiner sur le temps consacré à cette activité : « Le sommeil est pour l'ensemble de l'homme ce que le remontage est à la pendule. »

SISSONNE

Ce pas aurait été inventé par le comte de Sissonne
qui dormait quinze heures par jour.

Je viens de me réveiller,
Mais le jour ne vient pas de se lever.
Il ne va d'ailleurs pas tarder à se coucher. J'émerge, donc.
Revigoré, pris par un second souffle, je rejoins la berge de la vie
Qui petit à petit s'enfuit,
Noircie par la nuit.
Ils s'endorment et je vis.

Une fois mes tâches accomplies, à l'abri du bruit, dans la sombre nuit, à mon rythme, satisfait mais fatigué, je m'aperçois que le soleil vient de se lever.

En effet, il est 14 heures, fin de matinée.

Mon dernier rendez-vous arrive, un petit kiné facétieux monte sur le haut de mon crâne. Oui, la société m'a dit de me rééduquer, qu'il n'était pas décent de vivre hors du temps... Nous commençons donc les exercices péniblement.

Harnaché, il dépose délicatement des poids sur le bout de mes cils qui,

Malgré toute la volonté du monde à garder mes yeux ouverts, m'embarquent dans le nouveau monde... Je succombe à cette douce invitation au sommeil.

Les rêves frustillent !

J'assiste au procès d'une carotte où toute l'assemblée s'esclaffe, soudain surgit le visage de ma mère, prise de colère, elle se rue vers moi pour me claffer ! L'offensive s'avère indolore puisqu'à l'impact, ses doigts croustillants se craquellent au contact de ma joue pour finir par voler en brisure. Je détourne le regard et j'assiste alors à l'accouchement d'un homme dont le fils s'avère être un cumulus moustachu qui pointe le bout de son nez avant de retourner dans son orifice, estomaqué par la situation, me précipitant hors de la salle d'opération, je ne trouve pas la sortie.

Face à un membre du personnel, je tente en vain de lui demander mon chemin puisque je perds soudain l'usage de la parole, alors j'émets des ultrasons pour communiquer. Bloqué, je décide d'emprunter la fenêtre incorporée dans le plafond, envolé à la simple poussée de mes quadriceps.

Je survole Paris sans moteur ni avion laissant toutes lois newtoniennes de côté. Jaillissent alors brutalement du toit d'un immeuble des forceps mélodieux et agressifs qui agrippent mon crâne pour m'extirper de cet heureux tumulte. Enfin, je m'aperçois dans un lit...

Bizarre.

Je suis encerclé par une assemblée de personnes en costume-cravate qui s'expriment avec des langues qui dégoulinent de leur bouche, semblables à de longs tapis rouges sur lesquels dévale une flopée de chiffres qui s'entrechoquent violemment. Je hurle pour faire taire le vacarme incessant : « À vous qui racontez qu'on dort 30 % de notre vie, qu'on passe 30 % sur les réseaux sociaux, 20 % à manger, 8 % à être malade, 3 % à rire, 2 % à se plaindre, arrêtez avec toutes vos satanées statistiques statiques ! Le monde bouge sans cesse. C'est aberrant cette volonté de vouloir tout figer ! »

Ding ! Ding ! Ding !

Encore ce foutu réveil !

Tout ça n'était qu'un rêve ? Dommage... Je me sens tellement plus en vie quand je suis endormi.

Les yeux écarquillés, le cœur qui tarburine à cent quatre-vingts battements par minute. Cette fois-ci malheureusement et véritablement je suis réveillé, seul.

Effrayé, le kiné a dû se barrer… je me rallonge. Bip ! Bip ! Bip !

Bordel de merde !

Il faut que je le saut-sissone, tombé pas de bourrée ! cette raclure, ce fond de benne, ce moule à gaufre, ce tronc de figuier, ce foutriquet, ce réveil, ce sac à merde, ce paltoquet, ce vil faquin.

Fuck you !

À tous : laissez-moi dormir tranquille !

FOUETTÉS

Tours sur place dans lesquels la jambe mobile vient fouetter l'air pour redonner de l'élan pour une autre pirouette (cette action se répète jusqu'à trente-deux fois dans certains grands ballets classiques). Pratiquée souvent par les danseuses, c'est l'une des combinaisons de pas les plus difficiles à exécuter.

Préoccupé par une vie professionnelle chaotique, confronté à la peur de l'inconnu, en tension avec mon entourage, stressé financièrement, pressurisé par mon supérieur hiérarchique, je remarque que mon sommeil est de plus en plus léger, me conduisant à des réveils et à des journées pénibles. Irascible mais tenu par l'envie de rester éveillé malgré tout, je crois pouvoir augmenter mon tonus avec du sucre. Momentanément, cela fonctionne, c'est vrai. Le problème, c'est qu'à terme, la répétition de ce comportement alimentaire addictif me propulse dans une consommation de plus en plus importante de cette substance qui diminue mes précieuses heures de sommeil réparateur, décuple mon irritabilité et mon stress, entraînant une tension accrue, et ainsi de suite.

Pour sortir de cette spirale, j'ai compris deux choses. La première, c'est qu'il est nécessaire de faire preuve d'autodiscipline en réduisant progressivement ma consommation, quitte à être moins performant et quelque peu irritable les premiers jours. La deuxième, évidente mais pas si simple à mettre en œuvre : dormir.

Pour trouver le sommeil, accepter l'abandon est primordial. « Que va-t-il advenir dans les dix prochaines minutes ? » Rien, alors relax ! Il faut se laisser aller. Et si votre cerveau tourne en boucle au moment de vous mettre au lit, faites comme moi et suivez cette recommandation pleine de bon sens (que je dois à Delphine) : « Je laisse mon moi de demain se charger de ce problème qui n'est plus de ma responsabilité pour le moment. »

Pour me détendre, j'ai pris l'habitude aussi de m'allonger sur un tapis d'acupression, parfois avec quelques pages de lecture, pour m'aider à rejoindre les bras de Morphée. Ce processus apaisant me permet déjà de récupérer et de me clarifier l'esprit.

Malheureusement, à cette période de ma vie, quand je suis bien reposé, l'ennui refait surface, orchestré par la plate répétition des jours… qui m'insupporte.

Ces quelques jours de repos ont finalement pris la forme de l'éternité : le monde est confiné, à l'arrêt, à cause d'un virus au « risque de propagation très faible », disait Agnès Buzyn.

On nous aurait donc menti ? La petite bête peut finalement manger la grosse…

Les nouvelles sont catastrophiques, le climat est anxiogène. Claustré, impuissant face à la maladie, étrangement, voilà bien longtemps que je n'avais pas été aussi excité. C'est comme si enfin, dans le film de ma vie, il se passait quelque chose !

Allais-je donc faire partie de la génération qui connaîtrait la fin de l'humanité ? Le monde allait-il s'effondrer et permettre un nouveau départ ?

Aux portes de la mort, on se sent soudain très en vie.

Quoi qu'il en soit, les cartes du jeu vont être rebattues.

Tout le monde, ou presque, s'inquiète, on utilise tous beaucoup nos téléphones portables pour communiquer avec nos proches, on s'appelle, on passe notre vie sur les réseaux sociaux, on regarde des films, on lit. Certains s'adonnent à une nouveauté, les apéros virtuels ; d'autres, nombreux, hypocritement, applaudissent à leur fenêtre les soignants, dont ils se contrefoutent aujourd'hui, ces héros qui se tuent à la tâche pour sauver des vies en échange d'un misérable salaire, trop souvent méprisés, à l'instar d'autres professions essentielles qui resteront d'incontournables inconsidérés…

Au centre de cet épisode de vie inédit, une question nous préoccupe et nous lie tous : quand allons-nous pouvoir sortir de chez nous pour revenir à la vie ?

En attendant, à Fussy, la nuit tombe.

*

Je suis seul dans ma chambre depuis plusieurs semaines. Après avoir corrompu le taulier de ma boîte crânienne, le silence libère progressivement une horde de cris contenus en cellule d'isolement depuis des années.

Décapées par un rugissement brûlant, les phrases s'affrontent violemment dans mon arène cérébrale. Cette délivrance leur permet de se venger en me torturant longuement.

Les borborygmes de l'esprit et de l'estomac n'adviennent pas par faim, ni avec de grandes ambitions, mais simplement comme une action nécessaire de guérison et de purification.

Alors pour me débarrasser des cris, j'écris.

GARGOUILLADE

Saut qui consiste à faire, dans les airs, un cercle avec sa jambe droite, et en même temps, un cercle avec sa jambe gauche. À l'image de ce haïku, c'est un saut bref et complexe mais satisfaisant et bénéfique à la chorégraphie une fois réalisé.

Ce n'est ni la faim
Ni une brûlure profonde
Le nettoyage

ATTITUDE

Position où le corps repose sur une jambe tandis que l'autre est derrière, comme en arabesque mais fléchie. En fonction de l'aspect que l'on compte lui donner, on peut plus ou moins l'allonger ou la raccourcir pour altérer l'effet rendu sur la personne qui la contemple.

Les mois passent. La majeure partie du monde est à l'arrêt. L'Opéra est fermé. Madame A. est indéniablement la seule et unique personne à consulter pour en savoir plus sur mon futur…

Une fois que j'ai expulsé à son oreille mystique mon dégoût de la danse et exprimé ma volonté de radicalement changer de vie, des sanglots remplacent mes mots, étouffés par le désarroi de contempler mon incompétence à faire autre chose de ma vie.

Énigmatique, madame A. me glisse : « Vous avez besoin de pratiquer l'art du détachement. Analysez-vous, sans mensonge, et acceptez la réalité, aussi dure soit-elle. » Me détacher… mais de qui ? De quoi ? Comment ?

Avant d'ajouter cette phrase que j'adore : « Si la vie vous botte le postérieur, c'est pour que vous vous envoliez encore plus haut ! »

*

Plutôt que de méditer sur ces mots, fuyant la réalité au lieu de l'accepter, je choisis de me perdre en flânant sur la toile. Ce qui m'amène, après plusieurs vidéos sans intérêt, à écouter l'interview édifiante d'un cornac.

Si je suis contre la pratique du dressage des animaux sauvages, la conclusion a néanmoins attiré mon attention. Pour le dresser sans qu'il puisse s'enfuir, le cornac attache à la patte de l'éléphanteau d'une centaine de kilos une cordelette, elle-même nouée à un pieu. Quelques années plus tard, l'éléphanteau atteint une masse de plusieurs tonnes et pourtant, le cornac lui attache la même cordelette que lorsqu'il était plus jeune. Alors qu'il pourrait s'en débarrasser d'un petit coup de patte, la bête reste immobile.

Comme il ne m'est pas difficile de m'identifier à cette bête de plusieurs tonnes, je me pose naturellement la question : quelle est cette cordelette qui me retient attaché à mon travail dans lequel je ne m'épanouis plus depuis plusieurs années ?

Quelques jours plus tard, Paul, un ami entrepreneur expatrié au Venezuela, m'appelle pour prendre de mes nouvelles. Je lui fais part de mon désarroi. Avec une énergie et des mots réparateurs, nos échanges créent autour de moi une bulle de protection. Curieuse coïncidence d'ailleurs puisque le nom de sa société est Burbuja, « bulle » en espagnol.

M'incitant à me couper des informations mortifères et des réseaux anxiogènes, il insiste pour me recommander, comme il l'a déjà fait quelques années plus tôt, un certain Alejandro Jodorowsky. Peu convaincu mais n'ayant rien d'autre à faire, je regarde un documentaire sur son film *Dune*, entrepris dans les années 1970, mais qui, pour des raisons financières, artistiques et philosophiques, n'a jamais vu le jour. Je découvre alors, dans le « réalisme magique », un terrain d'évasion et de réflexion qui me propose un début d'apaisement.

Devant ce documentaire fascinant, je me sens relié au projet de cet homme, notamment quand il doit faire face, dit-il, à l'injustice, à la frustration, au manque de confiance et à l'incompréhension de ses interlocuteurs. L'espoir refera surface des années plus tard lorsque j'apprendrai que l'une des copies du story-board du film s'est vendue 2,6 millions d'euros aux enchères, en 2021... Au-delà de la valeur monétaire, l'homme a enfin été compris, du moins par certains.

Ce qui m'intéresse particulièrement, c'est la représentation en images de l'univers débordant d'imagination de cet artiste.

Quelques jours plus tard, alors que le travail de Jodorowsky résonne encore dans un coin de ma tête, un échange téléphonique avec mon ami Rachid Djaïdani, réalisateur, auteur, acteur, poète et travailleur acharné, me redonne le sourire et, grâce à sa bienveillance, le début d'un regain de confiance en moi. Je me souviens encore précisément de ses mots : « Tu sais François, si tu me regardes travailler, tu auras l'impression que je ne fais rien parce que, la plupart du temps, j'ai les yeux fermés et je rêve mon œuvre avant de la coucher sur le papier ou de la mettre en image. »

Inspiré et curieux d'expérimenter à mon tour ce processus créatif, je saisis pour la première fois mon ordinateur pour écrire, sans contrainte autoritaire ou scolaire, le premier texte de ce livre, qui sera aussi mon premier court-métrage, *L'Échappée.* Avec un rêve en tête : celui de transmettre au plus grand nombre l'idée qu'un jour, nous retrouverons notre liberté et nos passions.

Échappée

Les deux pieds bien ancrés dans le sol, ce saut démarre par une pression importante exercée dans les chevilles, les bras proches du corps avec les doigts qui se touchent ; mais une fois le décollage lancé, le corps se déploie dans les airs, prêt à rester suspendu pour l'éternité.

D'un geste acéré, il cisaille l'air.

Ça y est, les cordes du temps qui le retenaient viennent de rompre.

L'évasion commence.

Il détale furieusement,

Décolle en torpille,

Tournoie sauvagement comme un cyclone.

L'emprise du système sur lui a failli.

Il pousse un cri.

Un feu ardent de colère se dessine, en halo.

L'onde de choc qui émane de cette cage de chair et d'os, défragmente instantanément en particules les piliers de son temple obscur.

Hector s'est évadé.

Le voilà libre.

Libre de sa propre prison mais aussi libre de retrouver celle qu'il aime, qu'il n'a pas vue depuis une éternité.

Il poursuit cette fuite frénétique, exalté comme au premier regard qu'ils ont échangé.

Ses mains deviennent des plumes, l'adrénaline s'empare de lui, il sent la force de son corps décuplée. Hector est inarrêtable.

Il déjoue avec une aisance déconcertante les obstacles de la vie,

Jeté, torsades, spirales inclinées ; il tourbillonne un peu plus à chaque bond,

Il s'envole.

Arrivée au sommet ; face à lui, elle rayonne.

Une fine nappe de perle liquide afflue dans son regard.

Tendrement, d'un geste de la main, il lui délivre tout son amour,

Séduite comme au premier jour, elle l'enlace et s'élance avec lui comme avant.

Il a retrouvé son amour de toujours, la danse.

PAS DE BOURRÉE

Pas de transition entre deux mouvements, le pas de bourrée, esseulé, ne sert à rien ; comme labourer une terre ne sert à rien si celle-ci n'est pas adaptée à la graine qui la féconde.

J'oscille alors entre la position allongée, les yeux clos, à rêver, et assis, les yeux rivés sur mon écran d'ordinateur, à faire danser mes doigts sur le clavier sans pause, sans distraction. Six heures plus tard, mon premier texte vient de naître. La rédaction de ces quelques lignes m'a plongé dans un état de concentration tel que j'en ai oublié l'ennui et l'inquiétude liés à la situation préoccupante que le monde traverse. Comme lorsque je crée une chorégraphie ou que j'incarne un personnage, je viens de retrouver ce fameux instant de « flow » que présente très bien le psychologue hongrois Mihály Csíkszentmihályi dans son livre *Vivre la psychologie du bonheur*[1].

Cette forme de rêverie semi-consciente est en train de me sauver de la dépression. Gorgées d'informations autant que de mystères, les données oniriques finissent souvent perdues dans les limbes. Pourtant, en y prêtant attention, je me rends compte que le langage des rêves, de l'inconscient, est celui avec lequel je suis le plus à l'aise, puisque c'est un monde dans

1. Traduit de l'anglais par Léandre Bouffard, Paris, Pocket, 2006.

lequel les lois et les restrictions n'existent pas, un monde où les sensations sont puissantes sans causer de dommages collatéraux à qui que ce soit.

M'ayant bien compris, madame A. me conte quelques jours plus tard, dans un langage métaphorique, cette histoire qui va faire basculer ma vie : « Voyez-vous, François, c'est l'histoire d'un paysan qui plante deux graines d'excellente qualité, dans deux parcelles limitrophes. Arrosées et exposées au soleil équitablement, quelques mois plus tard, l'une délivre de sublimes fleurs alors que l'autre ne produit qu'une vulgaire racine terne… Savez-vous pourquoi ? »

Devant mon silence gêné, elle poursuit :

« Eh bien, vous avez beau posséder la meilleure des graines et lui réserver le meilleur traitement possible, si elle n'est pas sur le bon terrain, elle ne poussera jamais. »

Un brutal flash jaillit : je me suis planté !

Ce fichu documentaire sur l'école de danse de l'Opéra de Paris m'a éconduit de la trajectoire de mon idole Patrick Dupond ! Ce n'est pas Patrick Dupond le danseur étoile de l'Opéra de Paris, que je voulais devenir, mais Patrick Dupond l'artiste, l'électron libre ! Intégrer une institution, par définition, suppose exactement l'inverse : abnégation, discipline, obéissance, exécution, résilience.

Ces valeurs louables, souvent acquises au sein d'institutions d'élite, sont nécessaires à l'obtention de ce que l'on souhaite, mais sans créativité, subversion, folie, joie, déraison, notre vie aurait beaucoup moins de saveur. Pourquoi réduire la vie humaine à celle d'une machine qui exécute sans la moindre vitalité ?

Le virage s'est amorcé contre mon gré : j'ai trahi mon rêve d'enfant. Insidieusement, j'ai laissé la sombre mélasse d'angoisse du monde extérieur s'introduire dans mon for intérieur, empêchant ainsi tout artificier du bonheur d'œuvrer à la détonation heureuse d'un feu d'artifice créatif…

Mais point de regret. Au contraire, cela m'a construit.

Il me faut donc expérimenter à nouveau, entreprendre une nouvelle voie, mais surtout arrêter de me laisser dicter mes actions. Pour cela, la confiance en soi est nécessaire.

Grand écart

Obtenir un grand écart parfait implique de surmonter la douleur et la pénibilité de la répétition, mais une fois réalisée, cette figure fascine… Surtout quand celui qui la réalise n'est aucunement prédestiné à y parvenir.

C'est donc en plein confinement que Samuel me propose de développer notre collaboration dans le seul-en-scène qui mêlera danse et théâtre. Une œuvre scénique dont nous parlons déjà depuis longtemps mais pour laquelle je ne suis pas encore tout à fait prêt.

Comme toujours, sa seule condition est d'avoir le dernier mot sur les choix artistiques : seulement, cette fois, malgré son talent et tout le respect que je lui dois, hors de question de me plier aux désirs d'un autre. D'autant qu'à cet instant précis, je n'ai plus envie d'un spectacle de danse. De rien qui soit en lien avec la danse, d'ailleurs. Ma seule préoccupation est de redonner du sens à ma vie.

Pour m'y aider, plonger dans l'œuvre d'une personne aussi inspirante que Jodorowsky me fera le plus grand bien.

*

Après le documentaire, c'est son livre, *Cabaret mystique*, que je découvre, émerveillé. Cet ouvrage où drôlerie et philosophie s'entremêlent ne ressemble à nul autre. Intrigué, je visionne ensuite la totalité de ses films, me laissant totalement absorber par l'élan de liberté qui les guide, tant sur le fond que dans leur forme.

Je viens de découvrir un artiste libre aux mille idées, à la parole poétique et passionnée, détaché de tout jugement, confiant dans sa vision. Malgré leur étrangeté, ses œuvres ont suscité le succès et créé un engouement auprès des producteurs, ce qui lui permit de donner naissance à des films qui comptent dans l'histoire du cinéma, comme *El Topo* (1970) ou encore, parmi mes préférés, *La Danza de la realidad* (2013) et *Poesía sin fin*[1] (2016) dans lesquels Jodorowsky explore notamment le thème de l'affranchissement du cadre familial.

Il n'en faudra pas davantage pour que l'écho de ses créations cinématographiques me pousse à m'interroger sur ma place dans ma propre famille…

*

Par amour, mes parents ont tout fait pour déjouer les défis que la vie m'adressait, afin de m'épargner de subir une forme de précarité contre laquelle ils s'étaient battus toute leur vie.

Ce qui m'a conduit à en déduire que, sans eux, sans un protecteur, un supérieur, j'étais incapable d'entreprendre quoi que ce soit. J'en avais peur.

---

1. En français, *La Danse de la réalité* et *Poésie sans fin.* Ces deux films, que je vous recommande, sont disponibles en VOD.

À cet instant, je sais que je viens de résoudre une grosse part de mon problème : cette corde qui me retient, moi, petit pachyderme, c'est la peur...

Toute ma vie j'ai été guidé par elle. Peur de décevoir mes parents, peur qu'on me retire mon salaire, peur de souffrir, peur de mon incapacité à faire autre chose, peur d'échouer, peur qu'on se moque de moi, peur de ne pas être assez bon, peur d'être trop gros, peur de ne plus exister – puisque je ne me définis que comme un danseur, gros et stupide...

Exactement les mêmes adjectifs qu'employait David Goggins pour se qualifier, « l'homme au plus fort mental du monde »... Personne n'aurait misé un centime sur le succès d'un simple exterminateur de cafards battu régulièrement toute son enfance par un père ivre, victime de racisme, analphabète et obèse, et qui gagnait mille dollars par mois. Et pourtant, quelques années plus tard, il atteint le sommet en devenant membre de la Navy Seal, survivant à deux reprises à la « semaine de l'enfer » la même année, auteur du best-seller *Plus rien ne pourra me blesser*[1], détenteur du record du monde de tractions pendant plusieurs années (plus de quatre mille d'affilée au compteur), champion d'ultra-marathon, capable de courir trente heures consécutives... En somme, un exemple inspirant de résilience, de détermination et de courage.

Le secret de Goggins ? Accepter de souffrir pour guérir. C'est ce qu'il prône dans son ouvrage qui m'a convaincu d'adopter, l'espace d'une année, son mode

---

1. David Goggins, *Plus rien ne pourra me blesser*, Paris, Nimrod, 2023.

de pensée et d'action : si cet homme à la condition physique, sociale et mentale déplorable a réussi à s'épanouir et à accomplir une ascension sociale et professionnelle fulgurante, pourquoi ne pourrais-je pas m'en sortir au moins aussi bien que lui ?

En m'inspirant de ses puissants concepts comme « créer de la corne sur le cerveau » ou « réguler son discours interne, en cessant de négocier à la baisse avec soi-même », je comprends que pour me libérer de la peur, finalement, je vais devoir m'immerger à mon tour dans l'obscurité et accepter de plonger dans mon propre trou noir.

C'est effrayant et potentiellement très douloureux, quand on sait que dans l'espace, ces étoiles de la mort attirent tout corps avoisinant et les déchirent progressivement dans un étirement lent jusqu'à l'engloutissement intégral. En astrophysique, on appelle cet étirement la « spaghettification ». Malgré mes origines italiennes, vous comprendrez aisément mon aversion initiale pour cette transformation.

Je décide tout de même d'y plonger, avec un espoir…

D'après l'hypothèse émise par l'astrophysicien et Prix Nobel Kip Thorne, il se pourrait en effet que les trous noirs soient des portails vers d'autres univers, plus connus sous le nom de « trous de ver », qui permettraient de voyager ailleurs.

Et si j'avais cherché jusque-là mon étoile au mauvais endroit ? Qu'avais-je à perdre ? Puisque j'étais déjà plongé, comme le reste du monde, au fond du trou, descendre un peu plus bas pour toucher le fond pourrait-il être utile pour prendre appui et refaire surface ?

Accepter de se briser et de se recoudre au fil d'or pour se reconstruire, tout en laissant émaner des reflets de lumière, comme dans le *kintsugi*, l'art ancestral japonais de la reconstitution, restait la meilleure option à mes yeux.

Était-ce de la folie ?

Ou le début de l'ascension ?

La réponse se trouve dans cette phrase de Michel Audiard : « Heureux soient les fêlés car ils laisseront passer la lumière. »

Brisé

Saut qui se déplace latéralement pendant que les deux jambes s'entrecroisent. Attention de protéger ce qui se situe au creux de votre entrejambe afin de ne pas le briser…

En fuite… fébrile… Éreinté par le silence,
Il cherche à reconquérir la vie, retrouver la passion des arts.
L'amitié, l'amour au coin d'une rue, au coin d'un bar.
Cramponné au mur de la cité, en quête d'un sourire d'une embrassade d'un rire, rien.
Il déboule, roule, croule sous le vide hagard.
Soudain, plaqué au sol par le vent du désespoir,
Les murmures de l'asphalte le guident jusqu'à cette porte.
Aventureux, il franchit et brave l'interdit…
Il change de dimension, se téléporte, se libère de son esprit et s'immisce, au plus profond de lui.

Ébloui par ses propres abysses, face au sanctuaire,
Se révèle sans artifice, une nouvelle ère.
Cette solitude assassine ne lui était jamais apparue aussi salvatrice, en contemplation de ses propres vibrations,
Il réalise le spectacle qui se jouait en lui. Progressivement, il s'envole,
Dans son temple, la gravité ne l'affecte plus, lui s'est évaporé, le temps s'est distendu.
À l'écoute de son corps,
Dirigé par une unique source de lumière,
En mouvance, les sens accrus,
Son corps fourmille, vibre, coule et retrouve le flot de la partition de la vie. Il s'était risqué à plonger et le voilà connecté au monde.

Face à son propre spectacle,
Après avoir sombré, la voie de la lumière se dessine à nouveau :
L'espoir refait surface, la paix, le calme. Son bruit intérieur s'était tu…
Le rideau s'était levé.
Il pouvait à nouveau contempler la beauté de la vie.
Libre de lui, délivré de son passé.
Délicatement, son être crépite au rythme des électrons.
Éternellement connecté, éternellement vagabond[1].

1. Ce texte est tiré de *La Source*, un court film que j'ai écrit, réalisé et interprété à la galerie Kamel Mennour en 2021, dans le cadre de l'exposition « Daniel Buren, Dan Flavin, Philippe Parreno – Simultanément, travaux *in situ* et en mouvement », disponible sur YouTube.

Brisé volé

Variante du brisé où le saut ne se termine pas en cinquième position, les pieds croisés, mais alternativement avec la jambe de devant en l'air, puis celle de derrière, qui permet d'enchaîner plus librement avec n'importe quelle combinaison plutôt que dans une position contraignante.

Si l'on échoue régulièrement à un concours ou à tout autre point d'étape délicat d'une carrière, si l'on se croit absolument incapable d'accomplir une tâche, d'acquérir un type de connaissances ou encore de mener à bien l'aboutissement d'un projet, il n'existe qu'un seul moyen d'inverser cette « malédiction » : détruire ses croyances limitantes, ces pensées dévalorisantes qui nuisent à notre épanouissement. Plus on répète ces actions au résultat similaire et infructueux, plus ce lien de cause à effet se pervertit en une certitude aussi dure que l'acier. Pour changer l'état d'un morceau de métal, l'étape *sine qua non* consiste à briser sa structure moléculaire, son identité intrinsèque, souvent en le brûlant à haute température afin que le sculpteur puisse faire prendre à l'objet sa nouvelle forme. Encore faut-il avoir en tête son rendu final, et ne pas laisser le bruit du monde, assourdissant et oppressant, venir s'additionner aux ruminations mentales que l'on ne cesse de s'imposer.

À force de tailler la pierre brute qui me compose, en m'imposant chaque jour deux heures de nouveaux exercices physiques, terriblement difficiles, associés à des sessions d'écriture toujours plus longues et intenses, ma concentration s'épanouit. Affermi par les instants de calme absolu que je m'octroie pour explorer ma vie dans ses moindres recoins, je commence à entrevoir la possibilité d'agir en conséquence et non plus de réagir aux conséquences. Je découvre ainsi que sous mon mince cordage de peur siégeaient d'accablants maillages, semblables à un amoncellement de serpents métalliques aux visages cadenassés, me sifflant leur venin en plein cœur.

Qui suis-je ? Mon comportement et mes actions sont-ils encore déterminés par les valeurs de l'éducation que j'ai reçue, influencés par un environnement judéo-chrétien, par mes amis, par ma famille ? Suis-je vraiment libre ou me suis-je seulement construit en opposition à toutes ces idées pour ne surtout pas ressembler à un modèle préétabli ? Suis-je réellement entouré de personnes qui me comprennent ou mes incertitudes et mon absence de confiance sont-elles si visibles qu'elles empêchent quiconque de réellement m'entendre ? Ai-je déjà pris une décision de mon propre chef, sans consulter, attendre l'influence, l'approbation ou l'ordre de quelqu'un ? Qu'est-ce que je veux faire de ma vie ?

Avec une question fondamentale qui apparaît en filigrane : pourquoi n'ai-je jamais pensé à tout cela auparavant ?

Harassé par le travail, l'esprit du salarié que j'étais ne pouvait réfléchir en rentrant le soir. Épuisé, je me contentais de me nourrir et de me « détendre » avec ce qui, en réalité, ne faisait qu'engourdir mon esprit ou alourdir mon système de pensée : malbouffe ou séries au contenu relativement creux.

Je comprends alors que la seule solution qui s'offre à moi est de passer de sculpté à sculpteur. Seulement, j'ignore comment y parvenir… Sans savoir où me mènera ce nouveau destin, je décide pourtant, à l'image de Goggins, de m'immerger dans l'expérimentation d'une pratique que je déteste : la course à pied.

*

Dans un moment de douleur nécessaire à la transformation, le corps envoie chaque seconde un message de détresse au cerveau, l'exhortant à s'extraire de cette situation insoutenable. Pourtant, de l'autre côté, se cache quelque chose de magnifique.

Paramétré pour devenir sprinter, mon corps fait face à l'impossibilité de courir plus de deux kilomètres sans avoir le sentiment de perdre ses fonctions respiratoires. Quant à mes pieds, ils ont pour habitude d'effectuer une flexion et non une extension plantaire. Résultat : au lieu de solliciter mon triceps sural, mon soléaire et mes fléchisseurs d'orteil, ce sont les muscles antagonistes, tibial antérieur et long fibulaire, que j'utilise nettement moins, qui travaillent dans la course. Bref, une conjoncture qui me met dans une situation de grande difficulté physique, défavorable au succès immédiat.

Me réveiller découragé par la fatigue ou endolori par les courbatures me déprime. Je ne le fais qu'à la faveur d'un changement de paradigme : pour me convaincre d'exécuter une pénible besogne, tromper mon cerveau en lui faisant croire que la tâche sera de courte durée, une minute seulement, rien qu'une minute de sport ou un tout petit tour… Adoucissant ainsi le dialogue interne qui se joue dans mon cerveau, j'arrive à l'amadouer et il finit par accepter. Immanquablement, une fois que je suis lancé, on ne m'arrête plus !

Bien sûr, au beau milieu de l'entraînement, il peut m'arriver de vouloir ralentir, marcher ou abandonner. Je pense alors à ces gens en surpoids, obèses pour certains, qui s'astreignent quotidiennement à affûter leur mental pour affiner leur physique. À ces personnes âgées déterminées à poursuivre l'effort en dépit du vent du temps qui érode leur corps. J'ai pour eux et tous ceux qui sont entravés par leur physique un respect infini. Ils m'inspirent. Abandonner alors qu'ils ne sont que force et courage me couvrirait de honte, alors je poursuis. Si vraiment je mets en péril ma santé ou que l'effort n'est pas stratégique par rapport à mes échéances, je diminue la cadence : la sagesse et la prudence plutôt que la vanité et un corps qui se brise. Littéralement, cette fois.

Parfois, la course fait naître dans mon esprit une négociation complexe à la limite de la pensée magique : sans aucune corrélation matérielle, je me convaincs que si je cours malgré la peine, si je persiste dans la douleur, alors j'obtiendrai ce que je souhaite puisque j'endurcis mon mental. Il m'est même arrivé de me dire que si je boucle tant de tours à telle vitesse, alors l'univers mettra sur ma route une femme fantastique et fabuleuse, ou j'obtiendrai ce que je souhaite dans tel ou tel contrat, ou encore mon entourage proche aura forcément une vie heureuse…

L'idée peut faire sourire : peut-être tout cela est-il égoïste, simpliste ou absurde, mais qu'importe, cela m'aide à grandir, à me rapprocher de mes objectifs et du bonheur. Pour preuve, je continue, même bien après avoir quitté Fussy. Après une année complète à répéter péniblement la tâche, surmontant la douleur, le manque de motivation et les mille raisons qui auraient pu me faire abdiquer devant l'ampleur de la tâche, je parviens à courir vingt et un kilomètres en moins de deux heures.

Mes efforts donnent d'autres fruits, moins attendus en raison de la croyance limitante et copieusement crispante qu'ont laissée sur mon cerveau mes années de « mauvais élève ». Depuis deux ans, je m'efforce de poursuivre l'exercice de l'écriture et de la structuration de ce livre (que j'ai fini par terminer puisque vous l'avez entre les mains).

Pourtant, l'affaire semblait mal engagée : pour celui qui est persuadé d'être stupide et mauvais élève, n'ayant pas rédigé une seule dissertation de sa vie, écrire un livre paraît quasiment infaisable. Voilà pourquoi je me suis lancé dans ce défi de taille. La route fut périlleuse, j'ai même cessé toute activité d'écriture pendant des semaines, totalement abattu, lorsqu'après presque deux ans de labeur, en lisant les cent premières pages, l'avis de ma famille et de mes amis fut unanime : « Il faut beaucoup retravailler… »

Seules Sophie Rouanet, directrice éditoriale chez Robert Laffont, puis Olivia Karam et Zoé Guillermin, que je remercie pour leur contribution d'éditrices, semblaient penser qu'on pourrait tirer des enseignements de mon texte… à condition de le rendre plus accessible en supprimant quelques passages occultes – mais pas tous !

Plus le chemin est alambiqué, plus la récompense est belle : je me remis donc à l'ouvrage avec une vision éclaircie, le goût du travail retrouvé et l'envie de mieux faire.

*

À l'aune de cette nouvelle étape de mon travail de sculpteur, un mantra s'est fait jour dans mon esprit : « Mieux vaut souffrir en contrôle que vivre contrôlé et souffrir. » Autrement dit, si tu ne souffres pas intentionnellement en t'imposant tes propres contraintes, la vie s'en chargera pour toi, et quand on ne choisit pas, c'est toujours plus douloureux.

C'est ce que je teste encore en me promettant de ne jamais déroger à une nouvelle pratique : le bain glacé. Alors que l'asphyxie me gagne au début de la pratique, je m'immerge, un jour sur deux après une longue séance de sport, une à dix minutes dans une eau à sept degrés afin de restaurer les cellules endommagées de mon corps tout en mettant au repos mon esprit souvent tourmenté.

Cette pratique, comme tout ce qui relève du dépassement de soi en général, n'est pas la solution miracle au succès, mais à la performance. Elle me convient et m'aide à me sentir mieux, mais il est important de se rappeler que l'essentiel est d'apprendre d'abord à se connaître, en expérimentant selon son propre cheminement, avant de chercher à optimiser ses performances. Ce qui est productif pour l'un ne l'est pas nécessairement pour l'autre, et si le dépassement de soi est indispensable à certains pour s'améliorer et prendre du plaisir, il ne doit pas être systématique. En période de surcharge, notamment, dans le combat entre le corps et l'esprit, le corps l'emportera toujours… Essayez de prouver le contraire et vous découvrirez immanquablement ce que signifie le burn-out. Si j'ai tenu douze ans dans la compagnie de l'Opéra sans trop de blessures, c'est que j'ai fait le choix d'écouter mon corps et de ne pas me présenter systématiquement aux cours de danse du matin, pour dormir plus longtemps, m'échauffer seul, à mon rythme, dans un studio. Pour d'autres, s'imposer tous les jours un entraînement de plusieurs minutes avant le cours matinal est nécessaire pour œuvrer correctement. Acceptons simplement de vivre à notre façon ! Comme le disait justement Oscar Wilde : « Soyez vous-même, les autres sont déjà pris. »

Malgré la difficulté et la souffrance qu'engendre pour moi la pratique du bain glacé, au même titre que la course ou les longues sessions de lecture ou d'écriture, c'est ce type de défis qui m'aide aujourd'hui à me sentir plus fort. Finalement, après plusieurs mois assidus dans ces différents domaines, la brume d'anxiété étouffant ma réflexion se dissipe. Je peux penser sans encombre et prendre conscience du fait que le titre de danseur étoile n'a plus aucune valeur à mes yeux. Seule compte la création, quelle que soit sa forme (à condition de ne plus subir les dires d'un supérieur hiérarchique). Ma quête de cueilleur d'étoile doit donc s'arrêter ici.

ÉPAULÉ

Changement de position du haut du corps qui consiste à avancer légèrement une épaule tout en reculant l'autre, formant une diagonale, avec la tête qui regarde dans cette nouvelle direction, créant ainsi une perspective différente.

Depuis sept ans, je m'obstine à essayer de saisir un titre qui n'est pas en accord avec les valeurs que je poursuis : honnêteté, bonté, justice, générosité, amour ; des valeurs familiales qui feront pour toujours partie de moi puisque, après analyse et mise en œuvre, je sais maintenant qu'elles contribuent à façonner le monde dans lequel je souhaite vivre.

Surtout qu'à cela vient se greffer l'emprisonnement du salariat qui me rend malheureux. Courageusement, mon père en a fait l'expérience avant moi pendant plusieurs dizaines d'années. Fils d'immigré italien, entouré de sept frères et sœurs élevés sans le sou dans une ferme, il n'avait pas eu le loisir de se poser la question de savoir comment vivre, mais plutôt celle de comment survivre. Une fois devenu adulte, il m'a montré à quel point l'allégeance à une structure et la pénibilité que cela engendrait n'attiraient ni satisfaction, ni épanouissement, pas plus que la richesse, spirituelle ou financière. Sa générosité et sa bonté n'ont malheureusement jamais été reconnues à leur juste valeur.

Seulement, c'est grâce à cet argent, durement gagné par mes parents, que j'ai appris très jeune ce qu'était le travail, puisque sans lui je n'aurais jamais pu suivre la rigoureuse formation de l'école de danse de l'Opéra de Paris. Formation dans laquelle, je précise, je n'ai pas appris à *danser*...

La faculté d'adaptation que mes parents m'ont transmise, l'accès permanent à la salle de danse et les conseils de ma mère, le camescope grâce auquel je scrutais chacun de mes défauts, les heures passées sur YouTube à regarder les solistes du monde entier et à m'exercer à reproduire ce qui me plaisait chez eux sont en grande partie les instigateurs de ma carrière.

En revanche, l'Opéra m'a fait bénéficier d'une structure où je pouvais m'entraîner plus régulièrement que dans la salle de danse que ma mère occupait pour son activité, ce qui a accéléré ma progression et m'a enrichi de nouvelles valeurs. Instaurée par un cadre des plus strict, la crainte m'a forcé à aiguiser mon sens de la rigueur, du dépassement de soi, de la compétition et de l'abnégation, me permettant aujourd'hui d'accomplir la plupart des objectifs que je me fixe malgré l'adversité. Quant à la frustration qui m'a donné pendant des années la rage de brûler en scène et de libérer des quantités monstrueuses d'énergie dont se rechargeait avec délectation le public à chaque spectacle, elle a fini par devenir démesurée, trop présente, et aliénante.

*

Ce que je retiens surtout, c'est que cette institution m'a permis de vivre en plus grand. De voyager à travers le globe, de vibrer sur scène et de créer des liens avec des publics éclectiques, d'élargir mon réseau à l'intérieur comme à l'extérieur de l'Opéra. Ces rencontres ont généré des conversations riches de sens dont j'ai pu tirer de véritables enseignements autour de la stratégie, de l'économie, de la gestion, de la prise de risque et de la psychologie. Tout cela m'a permis de me propulser dans l'échelle sociale ; tout le monde n'a pas cette chance inouïe. Pour autant, pas question d'oublier d'où je viens. D'ailleurs, alors qu'ils n'en avaient pas bénéficié eux-mêmes, sans ce cadeau que mes parents m'ont offert, sans leur soutien inconditionnel dans les coups durs, jamais je n'aurais pu saisir l'opportunité d'une vie si palpitante et heureuse.

Je leur en suis profondément reconnaissant, tout comme je le suis envers l'Opéra.

Néanmoins, ma rage d'obtenir ce que je souhaite diverge de l'esprit familial et de l'éducation transmise par mes parents. Mon insatiable faim, ma boulimie de vivre, cette inquiétude de ne jamais avoir assez, c'est mon moteur pour avancer. Cette quête de lumière est d'ailleurs apparue dès mon plus jeune âge. À table, dans les réunions de famille, j'ai parfois entendu des réflexions d'adultes peu amènes à mon égard ; si je parlais trop, on m'incitait violemment à me taire d'un « ta gueule, merdeux », ou d'un brutal « t'es vraiment né pour faire chier le monde ». Mais pourquoi n'avais-je pas le même statut que les adultes ? Comment exister dans ce cas ?

Briller.

Briller jusqu'à éblouir ces adultes, et obtenir, enfin, leur respect.

Voilà pourquoi j'ai voulu la décrocher, mon étoile.

Je ne m'en plains pas, au contraire, j'en suis reconnaissant. Je me nourris de chaque passage difficile de mon existence pour m'élever un peu plus, grandir et gagner en assurance. La vie n'est pas un long fleuve tranquille ! À nous d'y faire circuler les bonnes énergies et de ne pas rester immobiles, car il serait là, le vrai gâchis : ne rien faire, en prétextant chercher une paix immuable, immobile. Voilà pour moi la parfaite définition d'un mort-vivant. Il n'y a qu'à observer un électrocardiogramme pour s'en rendre compte : la vie, c'est de la vibration.

C'est pourquoi je suis persuadé que conserver un certain niveau de frustration, en se fixant des objectifs difficiles à atteindre, est essentiel pour donner du sens à son existence.

BALANCÉ

Pas de danse qui va de droite à gauche, mais surtout anglicisme utilisé aujourd'hui pour signifier « équilibré ».

Pour la première fois, je fais le point sans me mentir, sans me trouver d'excuses. Doucement, mes chaînes mentales s'assouplissent, me déverrouillant de l'intérieur.

Plutôt que de craindre l'humiliation, en me plongeant pleinement dedans, je parviens à utiliser la peur comme du charbon pour faire avancer ma locomotive.

Lorsque je rechigne à aller m'entraîner, je m'imagine sur scène, à bout de souffle, hué par un public hors de lui. Sans oublier mes détracteurs de l'Opéra se gaussant de ma mauvaise forme physique. Lorsque c'est le texte que vous avez sous les yeux que je suis tenté de ne pas retravailler, je vous imagine, mes lecteurs, me traiter d'idiot...

Quel que soit mon objectif, ce n'est qu'une fois qu'il est atteint que je relâche la peur et peux vivre avec légèreté l'espace de quelques jours... avant de replonger dans cet état intense, souvent désagréable et douloureux, mais nécessaire à l'évolution.

Ça y est, me voilà changé pour toujours.

Poussé dans mes derniers retranchements, dans ce point de non-retour tant redouté, je viens de franchir ce conduit qui tend vers l'infini, cette zone du trou noir appelée par la science « horizon des événements ».

Au sein même d'un trou noir, dans l'obscurité la plus totale, se situe ce point unique, nommé *la singularité.*

*

Après m'être brisé de l'intérieur, physiquement et mentalement, coffrée dans un abysse ténébreux, enchevêtrée dans les filaments poussiéreux d'une nébuleuse, otage de ce labyrinthe, elle gisait là. Enfin, je l'ai trouvée : cette singularité, c'était ma clé.

Mon étoile.

La même qui me guidait, enfant, dans chacune de mes décisions.

Façonné par les peurs du monde, j'étais sur le point de la laisser suffoquer ici, seule…

Parfois, une dernière lueur, une dernière rencontre, une ultime opportunité se présente à nous, pour qu'enfin on lui redonne du souffle. Ignoré depuis tant d'années, en déperdition, le feu intérieur de ce petit astre avait grandement besoin d'être nourri pour vivre.

Développé enveloppé

Pas de danse qui s'effectue et fonctionne de la même manière, qu'il soit réalisé dans un sens comme dans l'autre ; l'un est l'aller, l'autre le retour.

Le texte qui suit exprime une partie de ma singularité, mêlant ainsi mes inspirations pour l'ésotérisme, mon goût pour le rap et la création de façon générale. Si vous appréciez davantage l'aspect autobiographique de mon récit ou que votre esprit est rationnel et peu avide d'expérience littéraire inhabituelle (voire dérangeante), je vous invite à passer directement au prochain chapitre. Pour les autres, voici le contexte.

Après la lecture de cette phrase, « Tout ce qui est en haut est comme ce qui est en bas », issue de la *Table d'émeraude,* le souvenir enfoui d'une démonstration que mon cousin Romain, déjà brillant mathématicien, avait simplifiée pour le gamin d'une douzaine d'années que j'étais, a retenti simultanément en moi : « En mathématiques, l'infiniment petit fonctionne comme l'infiniment grand. »

En ce matin d'hiver, épluchant une clémentine au réveil, je me demande si tout n'est pas en réalité connecté : la clémentine, comme l'humain, est dotée d'une peau qui enveloppe une couche de chair dans laquelle des vitamines sont logées.

Une fois morte, la peau de la clémentine se désagrège dans la terre ; sa chair, quant à elle, offre ses vitamines et donc son énergie au corps de l'humain qui l'a dévorée, contribuant à le maintenir en vie et à lui permettre de se développer.

Un chemin, en somme, plutôt similaire à celui de l'humain, lui aussi fait de peau, de chair et d'énergie. On sait ce qui advient de sa peau et de sa chair lorsque l'humain disparaît ; mais que deviennent ses vitamines ? L'énergie qui l'habite, l'âme, où va-t-elle ?

Pour les curieux, voici donc ma théorie de la clémentine.

*

J'la caresse doucement j'crée du lien,
J'la déshabille encore et encore comme presque tous les matins.
Elle a la peau rugueuse, ouais je sais, mais moi j'aime bien.
Je m'attarde légèrement sur son corps,
Mais avant de planter mes crocs comme un alligator,
Laissez-moi vous présenter cette petite pépite d'or :
Clémentine rousse, coquine, pleine de vitamine née dans les Yvelines
Même si normalement elle vient plutôt d'Oran, du moins pour ses origines.
Elle m'regarde et d'un coup mon cerveau quitte ma pine.
Pourquoi tu me regardes comme ça, vas-y bouge de là !
OK, j'crois qu'la meuf s'est prise pour une reusta, et ça j'supporte pas.
Dès l'matin, j'suis pas bien.
En plus j'm'rappelle même plus d'où tu viens ?
J'ai b'soin d'un p'tit shot de vitamines
Alors fais pas ta meuf parce que j'vais salement t'punir, p'tite gamine !

Ocre,
C'est la couleur de ta peau fripée teintée que j'vais piller
Éclatée,
C'est l'état dans l'quel tu vas terminer,
Parce que...
Je supporte pas c'qu'est pas beau.
J'plante mes doigts sur ton dos, mes crocs sur ta peau,
C'est trop tard pour toi, la seule destination qui t'reste c'est l'hosto.
Mais...
J'te laisserai pas de répit, pas de repos, j'te malmène sans aucune peine,
Mon but c'est de t'mettre KO
Y'me reste plus qu'à t'fracasser comme le f'rait Vitali Klitschko !
J'te déchiq'te, te mastique, te digère, t'es magique,
J'suis un king, tout en haut,
Schkling ! Let's go !
Waouh, attends...
C'est quoi ce pic d'endorphine ?
Tu contiens beaucoup trop d'adrénaline.
La pulpe de ta chair m'fait palpiter, j'vais exploser
J'fais que danser, j'peux plus m'arrêter,
J'quitte le pieu, avant on était deux, maintenant j'suis seul
Avec l'impression étrange de m'être saoulé la gueule.
J'déambule dans l'appartement,
Y a des livres ouverts partout rangés n'importe comment :
J'trébuche sur la table d'émeraude,
Ode,
À la vie ou à la mort,
J'sais pas,
À part du charabia, y a qu'une phrase que j'pige.
Bordel ! Ça fout vraiment l'vertige !
Tout ce qui est en bas est comme ce qui est en haut.

Vraiment plus là dans mon cerveau,
Comme le knock-out qu'j'ai calé à la p'tite qu'était dingo
Parce que si je dois finir comme clémentine,
J'vous cache pas qu'avant j'risque de tout détruire sur mon passage façon Palpatine.
Un peu comme un trou noir dans l'univers
Qui happerait toute la matière
D'un bout d'bois, aux États, en passant par ta bière.
J'crois que j'viens d'comprendre un truc,
J'viens de devenir aussi sage qu'un eunuque
La phrase ésotérique à infuser, le lien vient de connecter,
Si je suis survolté, en train de décoller, d'évoluer,
Pourquoi ce serait pas pareil avec l'univers et son infinité ?
Rien ne peut grandir sans énergie,
T'es d'accord avec moi, j'raconte pas de conneries.
OK, là-haut :
Ça veut dire que si t'enlèves nos peaux, croques nos chairs, tu trouveras d'la vie
Ou une âme. Bref, de l'énergie.
Un carburant qui permet de faire grandir un truc plus grand que toi,
Alors j'pose cette phrase là, à toi qui m'écoutes ici-bas.
Une fois nos corps vidés, aussi malin qu'un corvidé, un système ultra bien pensé par un dieu cosmique qu'est pas taré,
Lui,
Ça change des êtres humains, aucun capable de correctement gouverner,
Eux,
Sans se gaver avant tout l'monde par peur d'être le premier à vite caner,
Retour aux cieux.
Nos âmes n'iraient-elles pas nourrir la croissance de l'univers,

Un peu comme la vitamine de clémentine qui vient de me booster et d'me faire décoller dans les airs ?
Tout se juxtapose si vite,
Mon cerveau retourne rapidos dans ma bite,
Histoire de mastiquer une dernière fois,
Et j'parle pas de chewing-gum,
Juste de retourner à ma condition basique d'homme.
Reproduction,
Un instinct de survie primaire,
Y a rien d'un exploit, mais bon, c'est comme le vent, sa fonction c'est d'toujours souffler dans le Finistère
Évolution,
Mais bon, c'est pas l'moment pour ça,
Parce que qui sait c'qui peut arriver,
Tout à l'heure en allant chercher à bouffer,
J'vais peut-être me faire écraser…
De la maternelle jusque-là
J'trouve que la vie a été cool avec moi,
Conclusion,
Alors je vais patiemment profiter des quelques moments que m'accorde la faucheuse
Et gentiment remercier mon karma de m'avoir offert une route si heureuse.
Pour tout,
En vous remerciant,
C'était clément.

*

Le problème, c'est qu'une fois réexposée au jugement du monde, mon envie de singularité risque de finir par s'éteindre à nouveau. D'où l'importance de l'attiser, en reboostant son cœur, l'ego.

L'ambivalence chez l'artiste reste perturbante et me fascine. Puisque sur scène, si l'interprète n'est pas cent pour cent confiant, personne ne sera embarqué, mais pour atteindre cette confiance, l'artiste doit s'infliger ou subir un lot immense de critiques, détériorant sa propre estime de lui.

L'entourage professionnel, la société, ont coutume de diaboliser l'ego… Évidemment, la fausse modestie est un costume bien plus acceptable à porter en public. Pourtant, si vous montez sur scène en étant humble, lisse, obéissant, vous ne véhiculerez aucune émotion et ne donnerez naissance qu'à de pâles exécutions. L'uniformité d'un ensemble est indispensable au succès d'un spectacle, comme l'application des ordres d'une direction, pour le succès d'un projet ; mais si le meneur d'une société, le dirigeant d'une compagnie, l'étoile sur scène, sont aussi uniformes que le reste des êtres qui les entourent… que fait cette étoile, seule, au centre ?

Oui, un ego massif est essentiel pour emporter la foule avec soi !

PIROUETTES

Malgré les vents contraires, ce pas continue
de tourner éternellement.

Sans cesse tu critiques mon ego
Mais c'est peut-être en prenant soin de lui que je parviens à faire tout ce pour quoi tu m'envies...
Plutôt que de lui envoyer des piques,
Je pense que tu aurais tout à gagner à changer d'optique.

L'ego, c'est le centre de gravité.
La masse le caractérise d'ennemi, d'adversaire ou de monstre cannibale sans responsabilité. Foutaise absolue !
À part si tu restes convaincu de n'être qu'un perdant dévolu !

L'ego, c'est aussi des coups de tête,
Qui permettent d'avancer, et si au contraire tu régresses, qui te forcent à penser pour mieux tourner ; à l'inverse de l'ivresse, qui momentanément va te soulager, va te permettre de décompresser, mais à usage régulier, te détournera de ton objectif jusqu'à complètement te déboussoler.

L'ego, c'est le moteur qui te fait prendre de la vitesse,
Qui t'offre la possibilité de prendre une décision délicate sans paresse.

L'ego, c'est la partie essentielle de ton équilibre.
Peut-être qu'elle sera vindicative à ton égard,
En sommeil avare,

Mais elle te poussera toujours à être fier de toi et à obtenir des récompenses rares.

L'ego, c'est un plateau sur lequel tu reposes.
Essentiel, aux airs augustes,
Il n'est en réalité qu'une fine pellicule fragile, souvent vétuste.
Pour certains, plus il est remis en question, défié, moins il est robuste.

L'ego, c'est la valeur que tu t'accordes.
Un jour, je ferai dix tours !
Quoi ? Tu as un problème avec ce discours ?
Pourquoi ? Peur que je te bouscule ?
C'est pour ça que tu me traites de prétentieux sans recul ?
Tu préfères te lever chaque matin avec une mauvaise estime de toi ? Si ça t'aide, OK, mais pas moi...

L'ego, c'est ce qui m'a aidé à me construire, plus jeune.
Malgré mes problèmes de logique,
Par la force de mon caractère et ma détermination physique, je suis parvenu à surpasser les différentes problématiques politiques, stratégiques et économiques suscitant tant de polémiques, pour finalement atteindre mon objectif astronomique.

L'ego, c'est l'élément qui te fait retirer le frein à main et presser l'accélérateur. Le lâcher-prise, l'inconscience, l'instinct qui n'a plus peur.

L'ego, c'est cette pulsion vitale qui te fait t'aimer et qui te pousse au bonheur.

Tout compte fait, peut-être que si tu n'avais pas piqué le mien tout ce temps en appuyant sur mes défaites, jamais je n'aurais fait autant de pirouettes !

RELEVÉ

Ce pas consiste à s'élever de pied plat à demi-pointe. En prenant de la hauteur, nous sommes souvent plus aptes à relever un point, une intention. Cette posture rappelle aussi qu'une fois la chute passée, il est essentiel de se relever pour avancer.

Sans ma rencontre mystique avec madame A., jamais je n'aurais pris cette nouvelle voie de lumière. À mon tour, j'ai voulu l'aider pour la remercier, mais elle a toujours refusé.

Troublant comportement.

Tout autant que l'hypothétique existence des trous blancs dans l'espace.

En exacte adéquation avec l'état d'esprit de madame A., à l'opposé du trou noir, le trou blanc ne ferait qu'émerger de la matière, donc de la lumière. Il ne peut rien recevoir, simplement donner. Finalement, dans l'espace comme sur Terre, chacun a sa fonction !

C'est grâce à madame A. et à ma psy que je retrouve confiance en moi et prends conscience que mon manque d'ego, de confiance, est le seul responsable de mes déboires sentimentaux. Un être qui s'attribue la note d'un sur dix ne peut qu'attirer quelqu'un en accord avec ce mauvais résultat. Ensemble, ils se détruisent... Alors je comprends que dans ma relation avec Delphine, j'étais tout aussi responsable qu'elle de notre rupture. C'est ce qu'illustre Mark Manson, auteur américain et consultant en développement personnel, dans son guide *L'Art subtil de s'en foutre*[1], en s'inspirant, me semble-t-il, du triangle de Karpman, qui ajoute le statut de bourreau aux deux suivants : « Ce sont le yin et le yang de toute relation toxique : la victime et son sauveur, la personne qui fout le feu pour se donner de l'importance et celle qui se valorise en éteignant l'incendie. »

La solitude m'a permis de retravailler ma copie et depuis, même si ça oscille de temps en temps, j'ai largement dépassé la moyenne !

*

Désormais confiant, je ne parviens pourtant pas à me défaire des réflexions quant à mon avenir. En quittant l'Opéra, contraintes et avantages, indissociables, s'envoleraient. Libre, certes, mais sans revenu régulier… Je verrais moins de monde. Et puis, que faire de ma vie ?

Grâce à mon étoile, mon paradigme change.

La solution existe forcément quelque part, il suffit de me recentrer sur moi, de penser seul, sans distraction.

Si je n'ai plus d'argent, j'ai ma famille, si je n'ai plus de famille, j'ai mes amis, si je n'ai plus d'amis, j'ai mes compétences ; si je n'ai ni famille, ni amis, ni compétences… alors j'ai une histoire suffisamment intéressante à raconter pour la monétiser.

1. Mark Manson, *L'Art subtil de s'en foutre*, traduit de l'anglais par Sabine Rolland, Paris, Eyrolles, 2017.

Ainsi la loi de l'attraction[1] opéra (mais pas de Paris, cette fois).

*

Au beau milieu de mes réflexions sur mon avenir, une inconnue me contacte sur un réseau social et me demande si je propose des conférences en entreprise… Le voilà, le moyen de récupérer quelques deniers ! Impossible de ne pas saisir une telle occasion. En revanche, jamais je n'ai eu à relever un tel défi… La trouille monstre qu'engendre la question de ma capacité à y parvenir est un excellent signal pour me faire accepter immédiatement.

Au summum de mon stress, pour déjouer et modifier la teneur de mon dialogue intérieur, je tente de m'apaiser avec cette phrase : si je rate totalement ma conférence, que j'oublie les mots, que je bafouille et ne sais plus de quoi parler, ce sera désagréable, certes, mais ma vie ne changera pas. Je continuerai à être aimé de ceux qui comptent vraiment, je continuerai aussi à exister. J'aurai juste appris.

Cela me permettra de mieux me préparer pour la prochaine fois.

De plus, si je parviens à être bon un jour, je pourrai toujours raconter que cette hypothétique première intervention a été cauchemardesque, poussant, je l'espère, quelques courageux à se lancer malgré l'appréhension de l'échec avec plus de légèreté.

1. Manifestation mystique ou simple alignement avec ses pensées.

C'est cela, le courage : arrêter d'être retranché dans la peur, cet état paralysant qui nous empêche d'accepter de vivre et de surmonter la frayeur, c'est-à-dire l'afflux temporaire d'une émotion, et être capable de bondir dans l'arène une première fois sans connaître l'issue afin d'apprendre de l'expérience.

En prenant conscience que jamais je n'ai pu exprimer l'entièreté de ma créativité alors que c'est ce qui me fait pourtant le plus vibrer, mon envie de danser disparaît. En revanche, celle de partager cette découverte s'accroît...

C'est ainsi que commenceront quelques mois plus tard mes conférences en visio destinées à des grands groupes, sous forme de questions-réponses sur diverses thématiques : la créativité, le dépassement de soi, la peur, la structure du mouvement, l'allure ou le charisme, le leadership. Avant de me lancer dans ma première conférence sur l'envie.

*

Une étude sérieuse[1] réalisée en 2023 révélait un fait systémique de notre époque : 68 % des Français pensaient à démissionner cette-année-là. Et 24 % de démissions supplémentaires ont été recensées au premier trimestre 2023 par rapport à 2019... soit cinq cent cinquante mille départs[2].

---

1. Marie Varandat, « Démission consciente : 68 % des Français y pensent », *IT for business*, 2 mai 2023.
2. Selon le service des statistiques du ministère du Travail. Voir dares.travail-emploi.gouv.fr/donnees/les-demissions

Redonner envie, redonner du sens au travail est essentiel pour ne pas sombrer dans la dépression, et venir encore grossir ces chiffres alarmants. En me fondant sur mon parcours, je livre les clés qui m'ont permis de surmonter le burn-out, de retrouver du sens à mes actions et de passer d'un plan de carrière tout tracé à une envolée vers la liberté.

En présentant notamment mon travail à des pointures de chez BCG, Deloitte, EDF, Décathlon, Peugeot et d'autres groupes, je me rends compte que le monde des affaires s'intéresse à l'art… mais que ce n'est malheureusement pas complètement réciproque. La curiosité que j'éprouve pour l'univers des affaires, à mille lieues de moi mais qui m'a toujours fasciné dans les films, me conduit à travailler activement aujourd'hui sur différents nouveaux sujets, dont celui de la créativité, afin de bâtir un pont entre l'art et le *corporate*. Cela permettra un partage d'informations et de connaissances essentielles pour surmonter les défis auxquels nous sommes tous amenés à faire face.

Mais avant cela, pour construire la conférence, j'ai dû analyser point par point les embûches de ma vie professionnelle, afin de pouvoir transmettre mon expérience et les enseignements que j'en ai tirés. Ce qui m'a permis d'y voir plus clair.

« Penser est difficile, c'est pourquoi la plupart se font juges », disait Carl Jung. Finalement, ces maîtres de ballet et ces danseurs à qui j'en voulais au début de ma conquête stellaire tentaient peut-être simplement de fuir leurs propres malheurs et de soigner leurs angoisses avec la danse : cette passion était leur exutoire. Si je ressentais autant de colère envers eux, c'était parce qu'au-delà d'une vision divergente de cet art, la même passion me rongeait…

Je percevais en eux quelque chose d'indicible, que je haïssais chez moi…

Il était temps d'y remédier !

*

Lorsque le confinement s'achève et, avec lui, mon congé sabbatique, je suis fin prêt à quitter le cocon familial et à retourner à l'Opéra pour annoncer fièrement l'arrêt de ma course à l'étoile, privilégiant l'autonomie et ma liberté de choix.

Lourde tâche.

Balayer vingt ans d'expérience, de travail et de remise en question requiert plus que de la fierté ou de la confiance. Surtout quand votre entourage s'accorde à vous répéter que vous commettez une erreur. Cela requiert de la foi.

En observant les personnes très pieuses, j'ai remarqué une chose : elles ne croient pas en Dieu – elles savent qu'il existe.

Cette capacité à affirmer l'existence de quelque chose d'invisible et d'immatériel, c'est cela, la foi ! C'est aussi l'unique paradigme valable pour passer de salarié à entrepreneur.

De sculpté à sculpteur…

Changement de pied

Dans un moment de suspension, le changement de pied est un saut où l'on change de position incertainement dans les airs.

Avec l'aide de Sonia, ma thérapeute, je comprends que les conseils récurrents que l'on me prodiguait, de ne pas quitter mon emploi, ne sont en fait que le reflet des peurs des autres sur moi. Je n'ai donc aucune raison de les laisser influencer ma décision. Dorénavant, plus question de convoiter l'étoile. Je préfère proposer à l'Opéra de collaborer avec lui sous d'autres formes plutôt que de continuer à endosser le statut de salarié.

J'ai l'impression d'être parvenu au maximum de mes performances en tant que danseur. Jamais je n'aurai la liberté, dans les grands ballets classiques, de rendre plus spectaculaires mes performances sans heurter ma hiérarchie. Pour danser à ma façon, m'autoriser les pas de côté qui font ma singularité (et les coups de gueule qui vont avec !), il me faut renoncer à cette course insensée au titre d'étoile.

Quelle chance folle de se rendre compte qu'on n'est pas à sa place, surtout avant trente ans !

Ne reste plus qu'à l'annoncer à Aurélie Dupont, ma directrice, à qui je propose un rendez-vous informel au Café de la Paix (j'espère qu'elle aura apprécié la dimension subliminale du nom du lieu...).

Surprise par ma décision, elle me suggère néanmoins de danser une dernière fois le premier rôle de Solor dans *La Bayadère*, ajoutant sans émoi : « Nous discuterons de la suite plus tard. »

La « suite » arrive très vite : dix-huit jours plus tard, sans que rien le laisse présager, Aurélie Dupont me fait part de son envie de me nommer danseur étoile.

*

À l'intérieur de mon corps, de mon cœur, de mon cerveau, doucement, tout se déchire. Ma famille, mes amis, mon public, le petit François et son grand ego, tous nous en rêvons ; mais le nouveau moi, bâti sur des fondations nouvelles à la suite d'un long confinement, ne veut plus de ce titre…

Accepter d'être nommé danseur étoile de l'Opéra de Paris reviendrait à revendiquer sciemment mon bonheur d'appartenir à un grand groupe : un affront envers mes convictions…

Et pourtant, malgré le déchirement, j'accepte.

J'ai toujours souhaité que les choses changent, alors plutôt que de critiquer vainement le système en place de l'extérieur, autant agir de l'intérieur ! Plus déterminé que jamais, j'ai changé, et j'ai changé aussi pour changer l'autre. Comme dans la fiction suivante.

MENÉES, PIÉTINÉES

Après tous ces pas de danse et exercices, les menées (ou piétinées) sont des déplacements légers qui peuvent avoir des airs simplistes mais qui, pour faire leur effet, nécessitent beaucoup de contrôle et de maîtrise de soi.

La rivière a créé son flot,
Le fuyant a crié sa prière.

Le hideux tentait vainement de s'échapper du cercle,
Moqué en permanence pour sa démarche bancale et sa gueule bestiale,
Enragé comme jamais,
Impossible de se séparer de ses autres humains, de véritables machines décérébrées !
Flétri dans cette folle foule affolée,
Il s'efforce de suivre le rythme effréné du courant,
Cyclique, robotique, électrique,
Difficile de poursuivre cette cadence indéfiniment.
Du pavé foulé par chaque semelle de toutes ces sentinelles, ordonné en rang conventionnel,
Émane un bruit irritant ses tympans.

Ces monstres n'éprouvaient aucune tolérance pour la différence.

« Une bande d'attardés se laissant manipuler par un foulard de tissu et un bout de ficelle.
Je suis en rogne !
Si cela continue, je cogne.

Exécutant comme des débutants, c'est aberrant d'être aussi obéissant. »

De sa tête s'évaporent alors pléthore de pensées.

« Comment me suis-je retrouvé ici enfermé ? »

Fuir, rester, frapper, rugir,

Marcher, courir, bondir, rouler,

Rien ne porte à croire pour le moment que ces nœuds neuronaux

Fustigent tout son être des pieds jusqu'au cerveau.

Au-dessus de sa tête s'échappe alors un nuage de fumée,

Son cas vient de s'aggraver.

Tous les yeux se rivent sur lui. Enfermées dans sa coquille de bruit,

Ses revendications enfument toute la société...

Moquer, bousculer, piétiner,

Ses crocs de chien enragé étaient dégainés.

Éloigné petit à petit du temps de paix, de l'armistice,

Vers le sillon de l'opposition.

Sa volonté initiale n'était pourtant pas de déranger, simplement de s'exprimer sans être réprimé.

Soudain les vagues de la nuée se dissipent.

Au même rythme que les volutes au-dessus de sa tête, l'individu se rend compte qu'il n'a plus sa place dans le cercle. Il faut qu'il arrête !

Perdurer dans le réseau si longtemps et partir d'un coup en décomposition, hors de question.

Puiser dans son courage et remonter le courant, tel était son plan.

Contre la montre, à contretemps, il tacle du tibia les sentinelles avec amour, tandis que tanguent les colonnes fondatrices du système de la machine.

Lui, transperce l'air avec ses membres acérés comme des flèches fines. Le jeune fougueux s'enfonce dans la mauvaise direction.

Donner au fil du temps, de l'aiguille à retordre.
Il n'avait aucune peur de la grandeur et de l'ordre…
Malheureusement pour lui,
Pas de place dans une mécanique horlogère pour laisser place à la guerre.
Si une seconde décidait de remonter le temps, elle finirait bannie, hors du cadran.
Projeter d'un coup au cœur cette véhémence, battu, impuissant, sans défense,
La seule arme à laquelle se raccrocher était la patience.
À se projeter brutalement contre l'autre,
Que récolterait-il à part colère, violence et honte ?
Difficile d'être à la fois indépendant, libre et chercher à inspirer,
Tout en conservant l'amitié du groupe, son admiration, sans jamais se faire rejeter…
Souriant et en silence,
Ses pensées se rangent dans les tiroirs de son âme. Inutile de poursuivre cette traversée de vie sans rame.
L'ambitieux sans son ensemble, malheureux, s'enlace de la solitude qui l'étrangle. Tout à l'intérieur de lui changeait.
Graduellement l'amer nectar de la névrose,
Qui rongeait les parois de sa vie avant cette pause, s'estompait.
Il percevait doucement le sens de toute cette danse…
La situation devenait limpide :
Et si le problème provenait de lui, l'intrépide ?
Son lexique évoluait au regard de ceux qu'il voyait comme ennemis, puisque comme lui au fond, ils étaient perdus ici.
Passant des piques de la rose à la douceur de la prose,
L'individualité de l'étranger progressivement s'exprimait, non pas pour prôner haut et fort sa différence,
Mais simplement pour se connecter à lui et à son unique cadence. L'offense faiblissait.
Inspirant et apaisé, laissant place à la fluidité,

Ses jambes s'animaient, ses hanches oscillaient, ses bras tournoyaient.

D'envahisseur intérieur, d'ouvrier rebelle exécutant, il empruntait inconsciemment la route des commandants.

La foule s'immobilisa.

Son regard s'illumina.

Délicatement en déplacement vers une sentinelle, comme des petits tentacules s'agrippant à la roche, ses doigts se déposèrent doucement sur une nuque.

La tête hoche, elle collabore.

Contaminant petit à petit tout le monde de bâbord à tribord, il entraîne la foule dans un nouveau courant.

Convaincue par l'ancien opposant,
Le fuyant devenu leur adepte,
La doxa adopta cet esthète.

Saut de l'ange (déchu)

Les jambes doivent rester groupées le plus longtemps possible pendant ce saut. À repousser les limites de la gravité, on peut finir par échouer...

La Bayadère approche. Les heures d'exercices s'enchaînent.

Comme si mes répétitions ne suffisaient pas, je prépare le semi-marathon de Paris et cours régulièrement dix à quinze kilomètres avant des séances d'exercices fractionnés où j'alterne séries de pompes, sauts et travail avec le plus lourd kettlebell de la salle, le tout sans temps de repos entre chaque exercice afin de me plonger dans un état de difficulté et de stress mental élevé. Chaque dimanche, seul dans un studio, j'enchaîne les variations[1] avec très peu de répit, toujours avec le même but : avoir la marge physique nécessaire pour que mon mental soit pleinement disponible, dans l'espoir d'effleurer l'instant de grâce. Mais à vingt-trois jours du spectacle, en pleine répétition, le diable frappe à ma porte.

Alors que je maîtrise parfaitement ma partition chorégraphique, puisque mon corps et mon esprit sont parfaitement entraînés, lors d'une ultime série de sauts écart, tournoyant tout autour de la scène, à la première détente, je ressens une vive déflagration dans mon ventre. Figé, stoppé net par l'incident, mon

1. Nom donné aux solos de danse.

esprit refuse d'y croire. Quelques notes de musique s'échappent du piano, je compte bien les rattraper, alors je m'élance à nouveau pour un second saut, mais non.

La meilleure volonté du monde ne l'emportera jamais sur le physique. Le verdict est sans appel. Hernie inguinale. Impossible de me mouvoir. À chaque pas, l'impression lancinante d'un couteau qui transperce mon ventre ruine en un éclair les heures de préparation dans la souffrance que je me suis infligées et emporte sur son passage le peu d'espoir qu'il me reste de danser.

L'un des organes normalement contenus dans mon abdomen a commencé à sortir de son enveloppe, tout comme j'essaie moi-même inconsciemment de sortir de la Maison[1]...

Le mauvais sort ne s'arrête pas là...

Double peine : le lendemain de cette répétition est planifiée la première de mon seul-en-scène au Trianon de Paris. Je reviendrai en détail sur ce spectacle dans lequel j'ai investi du temps mais aussi beaucoup d'argent comme coproducteur. Quoi qu'il en soit, alors que je n'ai jamais dû annuler aucun spectacle en dix ans de carrière, cette fois, je dois m'avouer vaincu.

Anéanti, au fond du trou, je passe vingt-quatre heures à pleurer. Couvert de honte de m'être blessé si proche du but, complètement démuni, plongé dans un stress monumental, je m'effondre.

Le lendemain, je rassemble le peu de force qu'il me reste pour appeler mon dernier espoir. Heureusement, le fantastique docteur Philippe Serrano

1. Surnom que l'on donne en interne à l'Opéra de Paris.

décroche et me prend rapidement en charge comme il l'a toujours fait généreusement, en dehors du cadre de l'Opéra, depuis mes seize ans. Après un examen exhaustif et intelligent, il m'annonce la marche à suivre : IRM, repos et rééducation… Mais je n'ai pas le temps « du repos », il ne me reste que vingt jours !

Après l'IRM, qui confirme la hernie, j'attaque un protocole physique intensif sous l'œil affûté de ma kiné, Sophie Poyer. Je souffre, certes, mais c'est anecdotique au regard de toutes ces heures, ces années d'humiliations, d'injustices et de souffrance physique liée au dépassement de soi, alors je m'accroche.

*

22 avril 2022. L'heure est venue pour moi de monter sur le ring. Après plus d'un an d'absence, l'adrénaline s'empare de moi alors que je m'apprête à rejoindre la scène de l'Opéra.

Mais une inquiétude presque aussi tenace persiste : pourvu que mon corps tienne…

À peine ai-je pointé mon pied hors de la coulisse pour bondir sur scène que le public hurle déjà bravo ! Mon cœur se réchauffe, je suis heureux d'être de retour pour cet ultime spectacle.

Fin du premier acte, je rejoins les coulisses. Tout va bien.

Le deuxième acte commence, j'enchaîne les pirouettes, droit comme un i, aucun signe de douleur. De plus en plus confiant, je commence à profiter vraiment de cet instant où je fais corps avec mes partenaires et les ensembles, je me sens décoller un peu plus à chaque bond. Tout est fluide, la musique, mes mouvements ; un véritable bonheur. Quand tout à coup, ça explose sous mon pied. Déchirure de l'aponévrose. Cette membrane fibreuse dont le rôle est de protéger et de soutenir la voûte plantaire me lâche en pleine représentation. Déchiré, de l'intérieur à l'extérieur.

*

« Ce n'est pas possible… Je vis un enfer ! »

Vous vous souvenez du pacte avec le diable ? Intraitable. Ma dette ne consiste pas en asservissement ni en faveurs sexuelles mais en souffrance physique et mentale.

*

Aux deuxième et troisième actes, chaque fois que mon pied droit touche le sol, la douleur, qui évoque la sensation de bouts de verre de plus en plus affûtés qui pénètrent mon pied, entame considérablement ma lucidité. Pour autant, je ne diminue aucunement l'intensité de mes mouvements. Pour le public, pour mes parents, pour mon frère et ma copine qui sont dans la salle, pour mes amis, mon équipe, je me dois d'exécuter le meilleur spectacle possible.

Seul le surentraînement permet de surmonter la douleur pour que l'esprit triomphe momentanément du corps. Il faut simplement savoir qu'on le payera cher ensuite… Pendant six mois, il me sera impossible de marcher sans boiter.

*

Au dernier double tour en l'air, je sais que c'est terminé. Le ballet est réussi. Après mon dernier duo avec ma partenaire, je relâche la tension mentale qui me faisait supporter la douleur et lance un : « On l'a fait, merci beaucoup ! »

Le rideau tombe. Les lumières s'éteignent. Mais cette fois, le rideau s'ouvre à nouveau et la chaude lumière des projecteurs éblouit la salle en délire, particulièrement quand le directeur général de l'Opéra national de Paris et la directrice de la danse font leur entrée.

Sur la scène de l'opéra Bastille, je viens d'être nommé danseur étoile.

Et pourtant, je ne ressens aucune émotion. Juste un signal nerveux déclenché par la violente douleur dans mon pied droit et mes abdominaux en feu.

Au moment même où j'entends Alexander Neef prononcer mon nom dans son micro, je prends conscience que ce titre, que je sacralisais enfant, vient de perdre définitivement toute sa splendeur. C'est trop tard, une partie de moi a déjà tourné la page...

Surtout, une possibilité vient de se transformer en conviction : qu'est-ce qu'un titre, sinon une illusion ? Ce n'est rien qu'un consensus entre des humains qui s'accordent à penser qu'une nomination a du sens. Un président, une étoile ou un chef restent des personnes qui pensent, ont peur, souffrent, se nourrissent, et finiront comme tout humain (tous, jusqu'à celui qui ne fait rien de ses journées) les deux pieds devant... Un titre, c'est vide. Ça ne change rien à notre nature profonde ni à nos fonctions, si ce n'est que ça nous enferme dans une case et renforce certains clichés, détruisant du même coup toute forme possible de surprise, de découvertes riches en apprentissage. À mes yeux, tout ça n'est qu'artifice et facétie sans valeur. Alors qu'une aide concrète, un discours, une performance, une création originale peuvent susciter une émotion ou une réflexion si forte qu'elle pourra infléchir une tendance et influencer véritablement une population. C'est ce qui à mes yeux a du sens.

Pour tout vous dire, j'ai même choisi à l'avance le signe que je fais au moment de la nomination. Une frappe sur le torse en regardant vers le ciel, rituel que j'effectue avant chaque début de spectacle pour me donner de la force, que j'accompagne de quelques mots en italien : « *per la famiglia* ». Lorsque je n'ai pas envie de monter en scène, je me dis : « Si tu ne le fais pas pour toi, fais-le pour ceux qui sont décédés, ceux qui n'ont pas eu la chance d'avoir une vie si palpitante et éclectique que toi, ceux sans qui tu ne serais pas sur cette scène aujourd'hui. »

Cette fois, le rituel ne m'aide pas à affronter mes peurs, mais à avaler la pilule du regret de m'être corrompu.

Malgré tout, j'ai rendu fiers les êtres qui me sont chers ainsi que le public qui m'a toujours vivement soutenu. À vous tous, merci du fond du cœur à nouveau.

*

Après la représentation vient le meilleur moment, celui que j'attends avec impatience : le dîner au restaurant, entouré de mes deux familles, personnelle et professionnelle.

Discuter en toute authenticité, sans arrière-pensée, dans l'ivresse et la gastronomie, dans la joie et les rires, tout au bonheur d'être ensemble à faire la fête. Voilà ce qui me fait plaisir.

Si je n'avais pas souffert autant auparavant, je suis certain que je ne me délecterais pas autant de cet instant.

Ce soir-là, on célèbre autant mon étoile que (sans le savoir) ma dernière représentation sur la scène de l'Opéra.

*

Après des échanges étroits avec Alexander Neef, directeur général de l'Opéra, et Martin Ajdari, directeur général adjoint, dont j'apprécie particulièrement le respect et l'écoute, un contrat de rêve m'est proposé. Bizarrement, je n'en éprouve ni satisfaction ni joie. Ma nomination arrivée trop tard, les injustices répétées et les luttes contre-productives du passé ont tant érodé l'envie de poursuivre ma carrière dans ce cadre que l'argent, la liberté et la gloire n'y pourront rien : si une terre n'est pas fertile à la graine qui souhaite s'y développer, jamais celle-ci ne pourra s'y épanouir.

Mais comme dirait la grande Édith : « Je ne regrette rien. »

L'adversité forge, elle pousse à se remettre en question, à évoluer, à se perdre et à se trouver, à se dépasser pour prouver que l'on vaut mieux que ce qu'en pensent les autres. Au bout du compte, la lutte, si elle n'est pas menée au bon endroit, ne conduit nulle part si ce n'est à la destruction.

Raison pour laquelle je me concentre sur la créativité, la productivité et le partage.

Depuis le début de mon parcours à l'Opéra, bien des membres de la Maison avec qui j'étais en conflit sont partis. Quelques vieilles branches, qui mériteraient d'être élaguées sur-le-champ, refusent encore aujourd'hui d'évoluer avec leur époque. Ce n'est pas grave, le temps se chargera de leur chute.

Heureusement, des passionnés continuent à se donner corps et âme pour cette institution, tous corps de métiers confondus. Ses directeurs, Alexander Neef, Martin Ajdari et José Martinez, dédient leur temps et leur passion à ce haut lieu de l'art qu'ils défendent avec ferveur et modernité. Avec eux, le dialogue est fluide, respectueux, intelligent.

C'est le cas notamment pour mon dernier jour à l'Opéra, lors de la signature de rupture de contrat. Loin d'un adieu dramatique, je communique à Martin Ajdari mon regret que cette nouvelle direction dont il fait partie soit arrivée, malheureusement pour moi, trop tard. Compréhensif, il me serre la main et me transmet avec sincérité ses meilleurs vœux pour la suite. Après cet échange sain et apaisé, une fois ma décision de partir annoncée à la presse, je dis adieu au salariat. Au revoir à l'Opéra.

Le temps est venu pour moi de trouver un autre terreau fertile, un nouveau terrain de jeu.

Tours en l'air

Le danseur peut réaliser sur lui-même jusqu'à trois tours en l'air… pour les plus athlétiques.

Ma nouvelle vie, amorcée timidement pendant le confinement, commence en fanfare : j'entame la tournée de quarante dates en France du seul-en-scène *Complètement jetés !* coécrit avec Samuel Murez. Les salles dont la jauge oscille entre mille et deux mille places sont souvent pleines, comme à Paris où je joue devant la salle comble d'un lieu mythique : l'Olympia.

Le succès de ce projet, je crois, se résume en trois clés fondamentales. La première, c'est une bonne équipe : associer la pensée structurée et créative de Samuel à mon fourmillement d'idées non conventionnelles était le combo idéal, auquel est venue s'adjoindre la brillante Elsa Bouchez, directrice adjointe de production.

La deuxième : l'originalité. Accepter d'être soi et laisser surgir sa singularité sont autant pour moi un mantra que la thématique du spectacle. La créativité pousse à s'affranchir du regard de l'autre, à briser les « je-nous » et le qu'en-dira-t-on auquel je suis si sensible, pour vivre pleinement sa vie en acceptant ses traumatismes, ses joies, ses peines, ses peurs. S'accepter tel que l'on est permet de trouver sa place. Cela nécessite de laisser jaillir ses pensées sans jugement.

Si j'ai l'habitude de la performance et du dépassement de soi, inventer un spectacle n'a rien à voir. La créativité est même l'inverse de la rigueur, de la répétition et de toutes ces routines mises en place depuis des années. Avec la création, il faut accepter le rire, l'errance, l'ennui, la lenteur, l'improductivité, le rien, et emprunter un autre canal, celui de la légèreté, de la poésie et de la douceur. Comme lorsque j'ai rêvé mes premiers films.

Pendant le processus de création, mon inconscient prend le dessus. C'est ce qui se passe ce jour où Samuel lance, sans instruction particulière, une fugue qu'il a fait composer. Tel un enfant qui s'amuse, je me mets à improviser et à laisser venir les pas sans réfléchir. Cette musique aux airs baroques me ramène aux débuts de ma carrière de danseur classique et aux moqueries sur mon physique. Mes vieux démons. L'image d'un cochon m'apparaît alors. Après que j'ai grogné, frotté mes fesses sur le sol, fait mine de manger mes chaussons et dansé comme si je m'étais véritablement transformé en porc, Samuel éclate de rire : c'est bon signe ! Féodor le cochon est né.

À la fin de la première de *Complètement jetés !* ma mère, alors dans le public, me glissera : « Je n'ai jamais eu aussi honte qu'en te voyant faire le cochon devant mille personnes, mais qu'est-ce que j'ai ri ! »

Ce qui me plaît, c'est de surprendre, notamment en démythifiant l'engouement autour de l'artiste. Nous sommes justement là pour bousculer les mentalités en délivrant des messages qui secouent et qui invitent à une vie plus exaltante, plus libre, plus heureuse. L'œuvre d'un véritable artiste est celle qui fait passer le spectateur dans un portail spatiotemporel et qui le transforme pour toujours.

*

La troisième clé de la réussite, qui reste pour moi la plus difficile à accepter : créer un cadre et le respecter. Évidemment, cela suppose de répéter, de persister, le tout sans se laisser trop étriquer par les limites imposées – on s'exposerait alors au risque d'un éveil destructeur de la colère de mes démons...

Une fois la partie créative achevée, il faut matérialiser et faire jaillir du papier les idées sur la scène... ça, c'est une autre paire de manches. Je reconnais que Samuel a beaucoup contribué à la structure de l'œuvre. Encore une fois, ce cadre, que je cherche sans cesse à repousser, était véritablement nécessaire à l'aboutissement de ce spectacle, comme il l'est d'ailleurs dans tout ce que l'on entreprend.

Mais quel chaos !

Mon hypersensibilité me dicte qu'il faut vibrer différemment des autres années, explorer d'autres émotions sur scène. Mon intention initiale est de créer un spectacle totalement libre, quitte à être hué, je m'en fous totalement. Les succès répétés de mes précédentes collaborations avec Samuel ne me nourrissent plus. J'ai besoin de me prouver que mon propre processus, ma nouvelle identité d'auteur peut aussi triompher et qu'on se doit de faire quelque chose de totalement nouveau, quitte à déplaire.

Il faut dire que le « con » qui sommeille en moi a besoin de se prouver qu'il est fort, qu'il est capable de supporter l'humiliation, de s'affranchir de la peur, tout en jouant la comédie sans danser afin d'être perçu comme un véritable artiste créateur et non plus comme un simple danseur exécutant.

Cette souffrance est évidemment liée à mon état d'esprit, alors largement influencé par la formule de David Goggings : « Souffrir pour grandir. » Si cela m'a permis de surmonter les terribles entraînements que nécessite le spectacle, souvent qualifié par la presse d'ovni scénique puisqu'il semble impossible d'enchaîner quinze solos de danse, de jouer douze personnages différents pendant une heure trente et de parler tout en dansant, cet état d'esprit fera aussi naître un certain nombre de difficultés et de conflits par la suite.

*

Pendant les répétitions, l'importante quantité d'oxygène réclamée par mes muscles nécessite d'en emprunter à mon cerveau : mal irrigués, mes neurones ne peuvent exprimer la totalité du texte, dont certaines parties passent à la trappe. Pour me rassurer, Samuel m'accorde un phonak, c'est-à-dire une oreillette, pour m'aider à restituer le texte en cas de panne. Mais après plusieurs courts-circuits de l'appareil liés à mon abondante transpiration, je décide que je me débrouillerai sans. J'écouterai plutôt les conseils pour le moins contradictoires de Samuel : « Sois détendu, me dit-il, comme quand tu improvises tes blagues en soirée ! » afin de diminuer le stress physique et d'améliorer la performance mentale et théâtrale, tout en m'indiquant : « Vas-y à fond ! Pousse au maximum quand tu danses, et ne déforme pas le texte. »

Impossible.

Plus tard, je me suis rendu compte que ça ne l'était pas, impossible, mais que cela aurait nécessité plus d'entraînement encore et que, contrairement à Samuel, après plusieurs mois à travailler intensément, je n'étais plus en mesure de continuer à dédier la quasi-totalité de mon temps à un projet dans l'espoir d'atteindre la perfection. Je le savais pour l'avoir déjà vécu : créer en moi un déséquilibre mental me conduirait immanquablement à la blessure, et sans forcément plaire davantage au public.

*

Malgré l'intensité et la régularité des entraînements sportifs, des répétitions que je m'impose, il m'est encore impossible de dérouler le spectacle de bout en bout.

Alors la peur, de nouveau, se transforme peu à peu en panique.

Je comprends que si mes faiblesses ressurgissent toujours, la façon dont elles émergent ne dépend que de moi. Après plusieurs échanges avec Samuel et avec ma psy, quelques moments de calme et d'introspection, une solution affleure : côté mental, je vais prendre le temps de parler et de respirer afin de limiter l'asphyxie ; côté forme, il faut que je passe à la vitesse supérieure.

C'est d'Agathocle de Syracuse que me vient l'inspiration, un guerrier grec devenu roi de Sicile au IVe siècle av. J.-C., qui ordonna à ses troupes de brûler leurs navires pour les obliger à conquérir la terre ennemie. Envahir ou périr, sans retour possible, déclenche une immense volonté de se battre, plus communément appelée la force du désespoir.

Sans l'Opéra pour assurer mes arrières, je n'ai d'autre choix que d'avancer... même si la motivation n'est pas toujours au rendez-vous. J'augmente encore la cadence des entraînements. Je cours dix kilomètres supplémentaires dans Paris un jour sur deux tout en récitant mon spectacle. Je répète seul trois soirs par semaine dans l'un des studios de l'Académie internationale de danse du XVIe arrondissement. Je ne lâche rien.

Heureusement, mon frère m'aide beaucoup. Nous avons grandi loin l'un de l'autre en raison de mon parcours parisien, mais devenus adultes, nous nous retrouvons, grâce à notre complicité mais aussi à l'attention qu'il me porte en tant que préparateur physique : Thibaut m'accompagne par son coaching physique (ses massages ont sauvé plus d'un spectacle) et mental, ses paroles me poussant à me dépasser ou à parfois lever le pied. En tout cas, à moins me blesser pour durer.

*

Ce dépassement de soi finit par payer : je réussis à filer le spectacle de bout en bout. Sortir vainqueur de cette bataille va m'aider à considérer mes futurs défis comme surmontables malgré leur ampleur.

Le premier d'entre eux se matérialise par la proposition du directeur de casting de *Danse avec les stars* d'intégrer le jury de ce programme phare de TF1. M'exprimer devant plusieurs millions de téléspectateurs sur des danses de salon auxquelles je ne connais rien constitue un défi. Moins dur que le seul-en-scène, mais un défi tout de même, à plusieurs niveaux.

Défi d'abord concernant mon image.

Cette émission grand public sur le thème de la danse est morcelée de spots publicitaires destinés à vendre des produits à celle que l'on appelle crûment « la ménagère de moins de cinquante ans ». Mon premier instinct est de fuir : comment passer des dorures et du velours du palais Garnier à une contribution à l'enrichissement des fabricants de PQ et de lessive ? Que vont penser de moi mes anciens collègues ? Les mécènes, les journalistes, les directeurs de théâtre ?

Grâce à cette simple phrase de T. S. Eliott, que je découvre dans le livre *Les Battements du temps* de Jean-Claude Ameisen, ma vie bascule : « Pour pouvoir arriver à ce que tu n'es pas, tu dois emprunter la voie dans laquelle tu n'es pas. » Qu'ai-je à perdre à essayer autre chose puisque ma vie d'avant ne me convient plus ?

Deuxième défi : trouver un axe cohérent pour légitimer les propos que je vais tenir à la télévision. Pour cela, je choisis de rester moi-même, sans artifices et sans chercher à copier qui que ce soit. Je n'ai pas les codes de cette émission, mais peut-être est-ce l'occasion de convertir des téléspectateurs en spectateurs… et vice-versa.

Honnête, je fais de mon mieux pour délivrer dans ce programme du contenu (sans mauvais jeu de mots)

« pointu », mêlant des savoirs acquis auprès de spécialistes rencontrés dans mon parcours à l'Opéra de Paris, notamment les techniques d'improvisation du danseur et chorégraphe américain William Forsythe, les différents types de qualité de mouvement (aiguisé, rapide ou lent, épais, saccadé ou électrisant, flottant et j'en passe), ainsi que les façons de jouer avec la respiration pour créer la suspension.

Je crois que ce qui a plu aux spectateurs, justement, c'était ma différence. Celle que je craignais tant, jeune. Jean Cocteau le disait : « Ce qu'on te reproche, cultive-le, c'est toi. »

Un nouveau public vient assister à mon spectacle. Voir rassemblés dans une même salle différentes classes sociales, différents métiers, différents publics me touche profondément. C'est exactement ce dont j'ai toujours rêvé !

Comme cette cassette VHS de Patrick Dupond sans laquelle jamais je n'aurais eu la chance d'avoir cette vie trépidante, mon exposition en tant que juré de *Danse avec les stars* a peut-être créé des vocations ou *a minima* fait passer de bons moments aux spectateurs.

À cette période, je me sens aligné. Concentré sur une vision claire de mes objectifs, dans le détachement du bruit de l'autre ; la lumière de ma singularité irradie dans mon espace en détruisant l'obscurité environnante.

Ce phénomène n'est pas le simple fruit de mes inventions puisqu'il a également été théorisé en astrophysique par le rayonnement de Stephen Hawking, célèbre physicien britannique connu pour ses découvertes sur les trous noirs. Si l'on vulgarise cette théorie, elle peut se résumer ainsi : après plusieurs centaines de siècles, le trou noir perd de la masse et finit par se détruire dans une explosion de lumière. Autrement dit, pour que la lumière triomphe de la noirceur, que le succès émerge de l'adversité, la patience est indispensable[1].

Propulsée par ce jet de lumière dans des sphères inconnues, une nouvelle étoile croise ma route.

Pour retrouver ma première étoile, la singularité, il m'a fallu accepter de briser mon corps et mon esprit et de fouiller dans les décombres de mon âme.

Pour obtenir la deuxième, il m'a fallu pratiquer l'art du détachement. Oser choisir une autre voie et prendre des risques.

Pour rencontrer la troisième, il me faudrait accepter de chuter. C'est le seul moyen de tomber amoureux. La phase de vulnérabilité est de toute façon inhérente à n'importe quelle nouvelle ascension.

Alors que je m'étais construit une armure des plus résistante, face à elle, ma protection fond. Je lui dédie le texte qui suit et la remercie pour toute la lumière qu'elle m'apporte au quotidien.

---

1. À partir de l'énergie du vide, des particules et des antiparticules se créent et s'annihilent, émergeant parfois près du trou noir. Celles qui apparaissent après la frontière de la surface du trou noir, appelée horizon des événements, tombent dans le trou noir. Cette matière ingérée induit une diminution de la masse du trou noir. En parallèle, autour de l'horizon des événements, un rayonnement émerge, de plus en plus chaud à mesure que le trou noir perd en masse, ce qui en théorie conduirait à une explosion de lumière au bout de 10^{100} ans pour les plus gros trous noirs.

FONDU

Ce pas consiste à plier toutes les articulations de son être pour ensuite les déployer progressivement jusqu'à ce que le corps atteigne une extension maximale.

Les couloirs du temps sont tapissés de surprenantes surprises.
C'est d'ailleurs cela qui rend la vie aussi exquise.
Faut-il encore déceler le secret qu'elle recèle,
Celui qui nous conduirait au bonheur éternel.

Insidieusement piqué au cœur par l'aiguille de la traîtrise à plusieurs reprises,
Rempli de hantises jusqu'ici,
Esseulé, condamné à vivre dans cette piteuse prison,
Il sentait que le temps était venu pour lui d'embarquer vers un nouvel horizon, pour enfin sortir de ce tortueux tourbillon de destruction.

18 janvier
Fin de matinée, seul dans sa chambre
Toujours aussi désespéré. Descente à la cave, comme chaque journée dans l'obscurité,
Enveloppé dans des toiles d'araignées,
En quête d'un ouvrage miracle, tel un oracle, essayant d'élucider sagement
Le pourquoi du comment.

Voûté, battu par la vie,
Il remue tous ses vieux vestiges collectés jusqu'ici. Livres, lampes, loupes, longues-vues.

Ses mouvements fusent, de plus en plus brutaux.
Pas fichu de trouver un bouquin dans ce calamiteux caveau. Il accélère.
La poussière prend la place de l'air dans l'atmosphère. Il étouffe, tousse, titube, trébuche et s'effondre.

Après un moment, péniblement, ses paupières s'entrouvrent,
Une malle siégeait face à son regard. De tous ses objets,
Elle sera la seule à le suivre à son point de départ.

Impossible de l'ouvrir.
Sa vie se résumerait à l'échec ?
La nuit se substitua au jour.
Poussé à fuir, appuyé contre sa fenêtre, c'est dans le dédale des astres
Que s'égare alors son regard.

À bout de souffle,
En quête du paradis perdu,
Ses vœux convergent tous vers une idée saugrenue, celle d'une rencontre, d'un amour inconditionnel qui lui redonnerait des ailes
Où fusionneraient liberté et lucidité, mais aussi de la chaleur humaine. De l'amour et un domaine,
Un havre de paix sans haine.
Collé à sa poitrine, ce coffre comme lui était verrouillé. Le blocage provenait peut-être d'ici,
Accepter ses verrous et sa solitude, avant d'accueillir l'autre avec quiétude...
Difficile de se faire à cette nouvelle habitude.
Un retour à soi nécessite de prendre par la main
Le petit être qu'on a peut-être laissé tout seul sur un chemin, en le faisant embarquer à nouveau,
En acceptant de rêver.

À bord de ce transport onirique, il allait conquérir les cieux.
Heureux, il s'élance vers un nouvel horizon radieux.

Une fois la tempête passée,
Les voiles du vent caressant son visage, les vagues bercent le bateau sur les flots,
Pendant que la proue du bateau tangue comme un berceau.

Malgré cette brune brume occultant les cieux,
Le navire, serein, poursuit sa traversée.

Soudain,
Huit astres se dessinent distinctement.
Ces joyaux lumineux
Forment ensemble un insecte des plus gracieux.

En mouvement,
Ventilant la nappe de doutes persistants,
La lumière, de plus en plus vive, lui permet d'avancer en toute sécurité jusqu'au point culminant.

En figure de proue, en guide stellaire, irradie là, à forte intensité, un petit astre.

Son drapé blanc lui rappelle la rutilance rare d'un diamant.
Déferle d'elle une force,
Une finesse et de l'élégance. Beauté brillante.
Dans la vie comme dans les sciences, étoile hors normes
À la teinte olive, pétillante, pure et vive.
N'importe qui aurait eu envie de la décrocher pour en faire sa partenaire définitive.

Porteuse de lumière, peuplée de mystères,

Celle qui pourfend les ténèbres de la nuit, qui veille sur ses proches avec amour, qui les protège des conflits. Accompagnante de leur traversée de vie, heureuse et épanouie,

Rayonnait dans les cieux

Cette petite pierre précieuse.

Irrésistible, enivrante, gracieuse,

En l'effleurant il ressentait une fascinante et filante flagrance.

À ses côtés,

Il se sentait enveloppé dans une couette du paradis. Dans une utopie, un conte, une féerie.

Plus il se rapprochait d'elle,

Plus il sentait entre eux cette haute tension,

Son battement de cœur s'ajustait à chacune de ses pulsations.

Malgré cela,

Une résistance persistait.

Impénétrable ou méfiante,

Cette femme à la robe étincelante,

Dotée d'autant d'atouts,

N'allait pas s'offrir d'un coup.

Après l'avoir contemplée, souriant et patient,

Avec un peu d'appréhension,

Ses mains se présentèrent doucement vers elle en guise d'invitation.

Son authenticité la séduisit.

Dans l'acceptation elle s'ouvrit alors à lui.

Les chaînes qui enlaçaient son coffre s'amollissaient, jusqu'à perler le long de ses rudes parois en bois.

Graduellement, ces deux corps s'engagent dans une danse circulaire. Les ondes qui s'en dégagent prennent toute la place,
Provoquant un tremblement de l'espace.

En parfaite synchronisation, tous deux en fusion, dans une vibration vigoureuse, en pleine palpitation, en pleine accélération
Il s'élance et l'embrasse.

Leurs regards s'embrasent et d'un éclat de lumière,
Elle implosa,
Révélant par la grâce de son aura
La splendeur d'une kilonova[1] *!*

Invité dans son cœur, il découvrit soudain
Qu'elle était celle qui faisait vivre en toute distinction
Cette magnifique constellation.

Du trésor caché de cet homme enchaîné par le passé,
De cette sublime symbiose, cet unisson, furent délivrés alors de leur prison
Une multitude de papillons.

---

1. Les kilonovae sont des explosions cosmiques si exceptionnelles qu'elles sont à l'origine de la naissance de métaux précieux. Lors de la collision, des éléments chimiques sont bombardés par une grande quantité de neutrons, ce qui donne naissance à une variété de noyaux atomiques plus lourds que le fer. Une collision donnant naissance à une kilonova peut engendrer une masse d'or correspondant à plusieurs fois la masse de la planète Terre. L'or de notre Terre provient essentiellement de ce phénomène exceptionnel !

Dans les couloirs du temps, j'ai bien compris une chose.
C'est en acceptant et en assumant qui nous sommes,
Avec nos points forts, nos névroses,
Que l'on rencontre la partie manquante, la parfaite dose.

Aujourd'hui je veux te consacrer de longues heures
À s'immerger ensemble dans l'amour et le bonheur.

Auparavant j'étais prisonnier de moi-même, enfermé,
Mais auprès de toi
J'ai découvert que la vraie liberté consiste à choisir les barreaux de sa prison.
C'est donc à tes côtés que je veux m'enfermer à jamais, sans évasion.
Parce qu'il n'y a qu'avec toi dans mes bras que je me sente vraiment bien,
Ma petite étoile du matin.

DÉBOULÉS

Enchaînement de petits tours sur soi, en avançant, de plus en plus rapides qui, si l'on ne fixe pas un point des yeux à l'horizon, peuvent nous enivrer... à la manière d'une personne qui nous fait tourner la tête.

Dans sa langue natale, le prénom de ma compagne signifie « étoile du matin ».

Dans la mythologie romaine, l'étoile du matin est appelée Lucifer. Pourtant, à ses côtés depuis plusieurs années, je suis tellement heureux ! Delphine, associée à Vénus, étoile du soir, était aussi associée à Lucifer. Peut-être étaient-elles toutes les deux des indicateurs de lumière : l'une l'apporte quand l'autre l'absorbe ?

Depuis l'amorce de ma quête, dans les bons comme dans les mauvais moments, Lucifer me suit. Lucifer, c'est un état d'esprit.

Tant que l'on s'évertue à pencher vers le Bien sans se rebeller ni changer de vision, on laisse les autres décider de notre sort. On sera traité de rebelle, d'élément perturbateur à évincer afin de conserver l'ordre établi.

N'aurait-on pas tenté de « diaboliser » celui qui a essayé de s'élever en défiant l'autorité ? En le punissant sévèrement, il servirait d'exemple et passerait l'envie de toute tentative d'ascension...

Diabolos, en grec, signifie « diviser ». Au regard du comportement que j'ai adopté au sein de l'institution toutes ces années, on pourrait dire que je suis l'un des fils du diable. Diviser une unité n'est jamais apprécié, même si c'est pour la faire avancer. Le changement dérange, alors qu'il est nécessaire à toute forme d'innovation. C'est d'ailleurs ce que j'aime dans la danse ! Le changement de position, le mouvement quasi perpétuel, comme la mer, qui nous évite de croupir trop vite et de devenir une eau stagnante.

La danse, cette vibration visuelle, traductrice de vibrations invisibles (comme la musique), procure du plaisir à ses pratiquants en mouvement et, par un effet de réflexion sur les neurones miroirs des spectateurs, leur donne du plaisir à eux aussi, qu'ils redistribuent par le mouvement des applaudissements, galvanisant ainsi le danseur, l'incitant à ne jamais s'arrêter. C'est cette philosophie du mouvement qui m'a conduit à vivre ces moments intenses sur scène, mais aussi celle qui m'a poussé à quitter les lieux « sacrés », à vivre des situations inédites auxquelles je ne me sentais absolument pas prédestiné. C'est grâce à elle que j'ai pu retrouver ma voie, redevenir maître de mon territoire. Aligné avec les étoiles, serein mentalement, confiant : l'état parfait pour faire la plus belle rencontre de ma vie avec cette étoile du matin.

À l'instant même où nous avons commencé à discuter, je l'ai trouvée intelligente, charmante, gentille.

Brillante.

Depuis, à ses côtés, je me sens apaisé, léger, prêt à m'envoler jusqu'aux cieux. Son amour m'est si précieux.

Enrichi de mes erreurs, à l'inverse de ce qui s'était passé lors de mes précédentes relations, plutôt que de vouloir charmer l'autre à tout prix, j'ai été, tout comme elle, sincère dès le début en exposant au grand jour mes parts d'obscurité. Cela nous a permis de révéler des valeurs fondamentales en commun et d'être en paix avec nos identités respectives. Nous avons su éviter de pénétrer dans ce triangle infernal, victime-bourreau-sauveur. À la moindre tension, grâce à une communication transparente, nous surmontons la gêne et bâtissons une heureuse relation.

Quel bonheur d'avoir croisé la route d'une femme si tolérante ! Pas évident tous les jours de vivre avec un hyper-actif-sensible-phagique comme moi... Non seulement elle me supporte, mais sa présence me renforce et me donne le courage de relever tous les défis du quotidien. Même quand je suis démoralisé, quand ma confiance se fait la malle, quand l'enfant terrorisé en moi refait surface, elle est là, m'écoute et sait trouver les mots justes pour dissoudre mes angoisses.

À l'exception d'une...

Insoluble, incontrôlable, ce concept qui nous file entre les doigts et qui abîme un peu plus chaque seconde les cellules qui nous constituent me terrifie encore.

Alors avant de clôturer ce cours de danse, ce cycle de onze mille jours passés sur terre, laissez-moi vous livrer une dernière fiction, une ultime danse de l'esprit mêlant ma vie de danseur à un futur incertain... mais trépidant !

Temps lié

Il s'agit d'un pas de liaison entre le début d'une position et sa fin… Dans le cours d'une vie, sa durée est indéfinie, irrécupérable, ce qui en fait la denrée la plus rare et la plus chère.

Abstraction séculaire qui régit depuis toujours nos vies, l'humanité est la mère créatrice de cet étrange produit.
Paradoxalement défini comme l'une des entités les plus mystérieuses,
Tout le monde se l'arrache puisque c'est aussi la plus onéreuse.
Dès la porte de la vie franchie, nous contractons un prêt sans même en être avertis.
Sur le contrat est stipulé en gris
Que chaque seconde empruntée à la banque de la vie devra être rendue avec un intérêt défini.

Huit minutes…

Les poches de son corps laissaient s'échapper les derniers billets de vitalité qui lui restaient.
Le gong retentit, indiquant avec un accent très précis
Le remboursement exigé de cette dette accumulée depuis des décennies.
L'énergie migrait progressivement dans un ailleurs, motivée par une source inconnue,
Rappelée par le temps, en fureur, qui devait bientôt emporter ce futur être déchu.
Ses actions virent leur cote boursière dégringoler, le maestro en avait décidé ainsi,
La fin se situait ici.

Dans sa besace, Fred ne comptait plus que quelques centimes de secondes,

Sans savoir d'où pouvait bien s'être échappée cette entité absconse.

Sept minutes...

Alité seul dans cette grande pièce blanche, en conversation avec le temps Fred déclara :

« Plus jeune, j'ai voulu te tuer à maintes reprises, avant de rencontrer cette passion qui m'a conquis.

De nouveau, l'ennui et la répétition ont repris le dessus. Usée, mon appétence pour l'argent est apparue

Mais je me rends bien compte, maintenant, que c'est la paix qui vaut de l'or.

Te remonter pour mieux te dépenser, j'en rêverais !
Mais je n'ai ni navire, ni rame
Et j'ai bien compris que sans, ce serait le drame...
Finalement, j'ai passé ma vie à te troquer contre du papier.
Allez, s'il te plaît, refais-moi un prêt !

La pleine liberté m'a été ôtée par l'autorité qui ne pensait qu'au profit. Influençable, j'en ai perdu toute mon authenticité

Sinon l'histoire se serait différemment déroulée...

À obéir aux ordres sans réflexion,
J'ai été réduit à travailler dans ce bastion,
Loin de ma femme et de mon enfant.
Oui, j'étais riche et indépendant, mais aujourd'hui je finis seul,
À pleurer sur mes écueils. »

Six minutes...

« À me scruter secrètement depuis des siècles, pris dans ton cercle,

Tu m'as vu t'étudier de si près...

En bon ignorant, je comprends ta colère. Mais pardonne-moi, sur Terre, s'il n'y avait qu'un roi, ce serait toi ! »

Cinq minutes...

« J'ai investi tant d'énergie dans la justesse de la pose de chacun de tes joints.

Combien d'heures ai-je consacrées à te créer le plus beau des carrosses, la plus magnifique des montures, à te concocter les cliquets et les rochets les plus raffinés, les couronnes les plus brillantes que tous les rois auraient rêvé porter ? »

Quatre minutes...

« Contraint, certes, par des horaires insupportables et des ordres injustifiés, j'ai tout de même contribué à t'honorer.

Vainement, j'ai ciselé chacune de mes actions pour qu'elles soient grandioses. Sans pause, à ton image.

Visiblement, je n'ai pas été assez sage... »

Pris de colère, Fred s'emballa :

« Indécelable sous ta cape, invisible,
Caché sous un canotier,
À nous épier comme un cachottier,
À tout moment, tel un traître, tu te retires et nous aspires. Je te hais ! »

Le Temps, fidèle à lui-même, ne cillait pas, poursuivant son cours...

« Bon sang ! Mais parle-moi, je t'en supplie ! Je ne peux pas partir comme ça ! »

À bout de souffle, souffrant, Fred se vit forcé de fermer les yeux un instant.

Plus rien…
Était-ce la fin ?

Percuté par une piquante pulsion de vie, il vit jaillir la foudre en lui,
Un second souffle, une explosion, une illumination, il comprit…

Trois minutes…

« Quelle erreur d'avoir voulu t'enfermer sous cette bulle de verre…
Je mérite vraiment ta colère !
J'ai reproduit de la même manière ce qu'on m'a fait subir en te plongeant à ton tour dans une galère.

Nous, les savants du Temps,
Après t'avoir nommé et enfermé dans un cadran, bêtement,
Nous cherchions à te rendre docile,
À modifier ta réelle nature, en te sonorisant via des tic-tac pour tenter de t'illustrer alors que tu es naturellement l'entité la plus silencieuse qui soit.
Tantôt réduit à un vulgaire écoulement sablonneux,
Tantôt à répéter ces tours de cadran circulaire ou anguleux,
Alors que tu es le flux le plus libre au monde.
Tu ordonnes nos sociétés…
Nous qui pensions te maîtriser…
J'ai profondément profané ton identité.
Pardonne-moi, s'il te plaît ! »

Deux minutes…

Au vu de son regard empli d'effroi,
Le Temps, pris d'un élan de pitié, se livra :
« Je n'existe pas. »

« Pardon ?! » répondit Fred. Le Temps poursuivit :

« Illusoire, simple concept humain pour faciliter la pensée, semblable à la mort ou à la création, tout a toujours été et tout sera toujours pour l'éternité. Moi, je n'existe pas.

Tu me crains mais au fond, tu n'as peur que de toi, de ton histoire.

Aujourd'hui, face au jugement dernier, face au parloir,

Face à la vérité, tu prends conscience que tu es passé à côté de ton devoir : donner plus d'amour au lieu de le troquer contre des tickets de pouvoir illusoire. »

« Je t'en supplie, rends-moi éternel ! » s'écria Fred.

En réponse, le Temps dicta, dépité : « Tu n'imagines pas une seconde à quel point ma vie est monocorde, sans relief, unilatérale…

Je m'ennuie dans cette solitude abyssale…

Mon seul plaisir consiste à vous regarder, vous, mes créateurs, changer en permanence d'état, d'humeur. »

Fred changea subitement de ton : « C'est donc pour Sa Majesté que l'on endure cela ? Pour la divertir ? »

« Cesse de te plaindre ! » gronda le Temps.

Une minute…

« Face à mon érudition tu n'es rien, misérable microbe !

Tu n'as pas idée du poids des frustrations que je porte. Condamné à avancer, sans jamais rien partager avec autrui,

Je connais l'histoire par cœur (si j'en avais un)… voilà mon malheur !

Tout le monde me déteste sur cette Terre.

Servile à ma propre nature, impossible de m'arrêter ou de rebrousser chemin, je ne fais que passer. J'aimerais exaucer tous vos vœux, effacer vos erreurs passées, briser vos herses mentales. »

Trente secondes...

« Plutôt que m'implorer d'accélérer pour qu'on te libère et que tu retrouves ton foyer, tu consacrais tes soirées à m'enfermer sous ce globe vitré, encerclé par ces sordides bâtons d'encre décharnés destinés à indiquer l'heure qu'il était...

En bon tortionnaire, tu implémentais cette vis latérale afin de t'assurer que jamais je ne prendrais la fuite.

Résultat, de multiples promesses de rentrer à l'heure détruites.

Au profit d'une carrière professionnelle remplie de réussites,

Tu as sacrifié ta vie personnelle, aujourd'hui en totale faillite.

Mais tu n'as rien à m'envier,

Encré dans le papier avec des dates et des heures, condamné à perdurer de façon mortifère,

Immuable, voilà l'adjectif qui m'anéantit un peu plus à chaque fois que vous le prononcez. »

Penaud, Fred laissa couler de sa bouche, inaudible, un « désolé »...

Fragile, d'une voix chevrotante, le Temps confia : « Personne ne pense à moi, personne ne s'adresse à moi si ce n'est pour me critiquer comme tu viens de le démontrer...

Traité en permanence de pingre, pourtant, je ne suis pas le banquier, juste la monnaie.

Toi, tu as passé ta vie à vibrer comme un joli fessier en marche sous un pagne et tu te plains ?!

Ne pas savoir de quoi sera fait demain,

Voilà la bénédiction pour éviter ma vie de chien !

Mon seul soulagement consiste à compter vos départs. »

Dix secondes.

« Mes quelques cellules temporelles qui résident en vous peuvent enfin disparaître pour l'éternité. »

Neuf secondes.

« L'espace d'un court instant, je me sens brièvement plus léger. »

Huit secondes.

« Mais aussitôt rattrapé par le taux de natalité en permanente expansion. »

Sept secondes.

« Si l'humanité finissait par être entièrement décimée, je partirais enfin en paix. »

Six secondes.

Dans l'urgence, réunissant ses dernières forces, Fred marmonna :

« Si je te prouve que tu as tort, tu me promets d'être clément avec mon enfant ? »

Cinq secondes.

« Comment ça ? »

Quatre secondes.

Fred, défiant le Temps avec la force du désespoir : « Je vais te remonter ! »

Trois secondes.

Le Temps s'esclaffa : « C'est impossible ! »

Deux secondes…

À peine sa phrase finie, les cils de Fred s'embrassèrent, laissant place à l'obscurité du souvenir.

Le Temps, perplexe, laissa s'échapper lentement cette dernière seconde, inerte, flottant entre les limbes de la mort et une goutte de vie.

Cette dernière seconde, transformée en pensée, contenait l'intégralité de la vitalité de Fred. Instantanément, il perfora l'espace-temps !

À la vitesse de l'éclair, malgré la résistance de la pellicule épaisse du passé, son esprit pénétra cette dimension dans la friction la plus totale, comme un miroir recevant à pleine vitesse une gigantesque pointe métallique.

En mille morceaux, des éclats de souvenirs se brisent les uns contre les autres : son premier accident de vélo, son premier baiser, le brutal décès de sa grand-mère, ses trente ans, son mariage, la naissance de sa fille… Puis soudain l'impact cesse et fige un souvenir.

Propulsé à l'horizontale dans une cabane de draps et de coussins, sous une lumière tamisée,

Émerveillé, il convoque doucement le souvenir de la caresse délicate de l'odeur des deux femmes les plus importantes de sa vie et les invite à rejoindre cet instant délicat. Ses doigts abîmés par plusieurs années de labeur se tendent doucement vers le délicat et charmant minois de sa fille, si jeune, qui répond à cette invitation affectueuse en déposant tendrement à son tour sa joue dans la paume de son papa, en toute confiance.

Le creux de ses yeux abrite une piscine à débordement. Une fois le premier plongeon émotionnel effectué, l'eau des larmes de Fred s'écoule… Tendrement, les doux baisers de ses princesses viennent, métronomiquement, par un bercement labial, éponger cet excès d'amour.

Retour à la réalité.

La joie jonchait le sol, éclaboussait les murs ternes et moroses de la chambre d'hôpital, entièrement teintés en un instant de ce savoureux souvenir.

Coi, en suspension, pour la première fois, le Temps fut ému.

Jamais personne ne l'avait convié à assister d'aussi près à un moment si privilégié. Gracieusement, la dernière seconde lui fut rendue.

Cette scène paradoxale opposait une pièce remplie de lumière et le corps creusé de Fred. Le moment était venu de dire adieu pour s'envoler avec le vent.

Une seconde.

« Merci. Maintenant, je peux enfin… »

*

Vous qui lisez ce texte, où que vous soyez, quoi que vous fassiez, quelles que soient les tempêtes que vous traversez, votre sablier est encore rempli ! Alors plutôt que de continuer à vous précipiter, je vous propose, dès demain, d'aborder votre journée avec une nouvelle représentation du temps.

Si cette invention n'était là que pour nous pousser à courir après lui, afin d'éviter de réfléchir à nos réelles envies ? Ne serait-ce pas le moment de reprendre sa vie en main, main-tenant le temps ?

Ensemble, lançons une mutinerie : ralentissons.

Que risquons-nous ? On nous prendrait notre temps ? Il s'écoule déjà tout seul ! On nous prendrait notre argent ? Il s'échappe déjà par les multiples prélèvements nécessaires à notre survie et à celle de nos enfants.

*

Le lendemain, après avoir appris le décès de son père,

Elsa lui rendit visite à l'hôpital.

Le visage affaibli, la tête tournée vers son testament posé sur la table de chevet, Fred semblait apaisé. Sous ses yeux, la première page du document étonna Elsa : elle était vierge. Pourtant, estampillés par un tampon incolore, siégeraient éternellement ces mots rédigés à l'encre invisible :

« Si ton père est parti aujourd'hui, c'est à cause de moi... Pardonne-lui de ne pas avoir été suffisamment là, auprès de toi. Quand il a appris que son heure avait sonné, il m'a demandé de te laisser ceci.

Signé :

Le Temps »

On pouvait lire sur la seconde page :

« Ma fille, par ce testament, je te lègue toutes les montres que j'ai confectionnées ces quarante dernières années...

S'il te plaît, détache chaque pièce de ces garde-temps, vends-les et achète-t'en, du temps, plutôt que de l'enfermer.

Ces présents ne compenseront jamais le temps que j'aurais aimé te consacrer, j'en suis désolé. Alors s'il te plaît, laisse-moi t'exposer les quelques conseils que jamais je n'ai pu te donner.

L'argent comme le temps ne sont que des flux matérialisés par des concepts qui, fondamentalement, n'existent pas.

J'ai compris trop tard que ta mère et toi m'aviez tant manqué.

Finalement, pour vivre une vie heureuse, réelle, charnelle, exceptionnelle, ne cherche pas l'économie, dépense tout ce que tu as comme temps et comme énergie. Investis en toi et tu comprendras, ma fille, comment accomplir ton rêve, celui de devenir la plus grande courtière de vie.

C'est en dédiant tout ce que tu possèdes à ce qui te plaît le plus que jaillira la véritable croissance de tes intérêts, et tu éviteras, par la même occasion, de finir endettée, comme je l'ai été, auprès de celui qui a le plus d'intérêts : le regret.

Tu seras alors la plus riche, la plus épanouie, sans prise de risque, car, quoi qu'il advienne, tu auras fait l'acquisition de l'expérience, une denrée rare qui te vaudra ce que certains appellent la chance, mais qui n'est en réalité que de la confiance.

Ton épargne la plus féconde, c'est celle de tes rêves d'enfant : mets tout dedans ! Je le répète, c'est l'unique façon de jouir de la croissance de tes intérêts, parce qu'il y a une chose que ni le temps, ni l'argent, ni quoi que ce soit ne pourra te prendre, c'est ton histoire. La mienne, ma chérie, sommeille dans ce livre à mon chevet ce soir.

Dorénavant, je t'accompagnerai partout où tu iras. Parle-moi, s'il te plaît, surtout dans les moments de désespoir.

Parce que même si c'est un peu tard, n'oublie pas que de là-haut, maintenant, j'ai tout mon temps pour te voir.
Je t'aime.

Ton papa.

P.-S. : En raison d'un pari remporté, je peux te garantir que tu auras suffisamment de temps pour concrétiser tes rêves, même les plus exaltants. Profite, ma fille, vis à ta façon !

P.-P.-S : Quant à mon départ, n'en veux pas au Temps, ce n'est qu'un terne exécutant. »

En dedans ou en dehors

Termes employés pour déterminer si les membres supérieurs et inférieurs du danseur sont tournés vers l'intérieur ou l'extérieur.

Ma grand-mère maternelle est tristement décédée à l'âge de soixante-dix ans dans d'atroces souffrances. Aucun signe ne laissait présager ce départ prématuré. Elle pratiquait régulièrement diverses activités sportives, se nourrissait sainement, entretenait de bons rapports avec autrui, veillait sur nous, ses petits-enfants, et avait suffisamment eu confiance en ma mère pour qu'elle se lance dans l'entrepreneuriat, la soutenant particulièrement au moment de chaque gala de fin d'année (on parle d'un événement important dans une ville de province rassemblant plus de mille personnes, élèves et parents confondus). En somme, une femme inspirante, respectable et en pleine forme – en surface. Mais la force que dégage une personne en apparence n'indique en aucun cas ce qu'elle renferme en profondeur.

Il m'aura fallu bien des années pour décrypter combien son histoire personnelle divergeait de l'image que l'on se faisait d'elle. Des conflits internes jamais réglés qu'elle cachait au monde l'avaient rongée tant et si bien de l'intérieur qu'ils s'étaient convertis en cancer des os… Au moment de son départ, à l'inverse d'un au revoir paisible, le regret, cet acide mental, ravageur de vie, accumulé pendant de longues années, a tenu animée ma grand-mère sur son échafaud, pendant que les terrifiantes mains de la faucheuse la torturaient lentement, défragmentant son être, cellule après cellule.

Intuitivement, pendant cette lutte acharnée que menait ma grand-mère, ma mère lui confia ces mots pour panser les siens, pour penser ses mots : « Tu sais, Maman, tu as fait ton maximum toute ta vie pour aider les autres, pour protéger ta famille, tu m'as toujours beaucoup soutenue, mais aujourd'hui je suis capable d'orchestrer le gala sans toi. Pars en paix. » Alors qu'elle agonisait depuis des heures, enfin apaisée par ces douces paroles, ma grand-mère a libéré son dernier souffle.

*

Le sentiment de regret est insupportable car il nous renvoie à notre impuissance. Heureusement, il existe un moyen de l'éviter : la téléportation. Non pas physique, mais mentale, grâce à l'approche dite « pré-mortem » qui consiste à observer le présent depuis le futur.

Imaginez-vous par exemple dans un lit d'hôpital, à l'article de la mort : que conseillerait ce « vous fortement diminué » du futur au « vous plus en forme » d'aujourd'hui ? Très probablement de vivre plus pleinement et de relativiser…

Cette téléportation peut se décliner sous d'autres formes ; c'est ce que j'ai fait lors d'un voyage en Italie avec mes parents.

Mon père et moi nagions en pleine mer. Il m'expliquait à quel point il était heureux avec mon frère, ma mère et moi là, tout de suite, et qu'il n'avait aucune envie de retourner au travail. Je lui ai proposé de photographier les pensées et les sensations de bonheur qu'il éprouvait en projetant son regard sur cette immensité bleue, étincelante, puis de se tourner vers le sable doré et les parasols multicolores, tout en se laissant bercer par le délicat mouvement des vagues. Son visage, tranquillisé, s'est paré d'un sourire aussi lumineux que le soleil au-dessus de nos têtes.

Puis je l'ai invité à fermer les yeux, tout en frottant l'un contre l'autre son pouce et son index afin d'imprimer profondément ce mouvement lié à cet instant dans son corps et son esprit.

De retour à l'usine, au milieu du bruit, dans son atelier sinistre éclairé aux néons, son patron le réprimandant, il lui suffit maintenant de s'isoler un instant et de se téléporter momentanément dans cette bulle de lumière revigorante.

Cette pratique fonctionne à tous les coups : pensez-y les jours d'humeur morose, pour vous redonner du courage.

*

Lorsque parfois le courage disparaît, laissant place au désespoir, à l'angoisse, à la tristesse ou à la colère qui surgissent… dites-vous que c'est OK ! Ça ne veut pas dire que votre cas est désespéré, au contraire : cette réaction est signe qu'un changement intérieur se produit.

Avant ma nomination, j'avais perdu tout courage et tout espoir d'atteindre mon objectif. Vingt années pour devenir danseur étoile, c'est long ! Pourtant, cette pénible entreprise fut également miraculeuse. Je me suis planté, certes, mais à l'image de la nature, avec un arrosage régulier, une bonne exposition à la lumière et de la patience, j'ai fini par pousser jusqu'aux étoiles. L'immédiateté et la facilité n'apportent pas le bonheur, la richesse, ni l'éveil spirituel. Au mieux, un simple contentement. En revanche, traverser la frustration, la persévérance, la répétition, la réflexion, l'attention et l'application, si !

Vibrer au même niveau que ce que l'on désire, accepter de se remettre en question, de changer ses comportements alimentaires, sexuels, sociaux, physiques et mentaux, c'est se donner tôt ou tard la possibilité de faire briller l'étoile qui éclaire notre route.

Si je n'avais pas fait ces choix, jamais je n'aurais écrit ce livre, jamais je n'aurais entrepris mes spectacles, mes films, mes conférences ainsi que les nouveaux projets à venir. Je ne connaîtrais pas non plus le bonheur d'être aussi bien entouré. Je suis donc vraiment reconnaissant à la vie de m'avoir offert le parcours qu'elle m'a réservé jusqu'ici.

Manège

Le manège consiste à faire, sur tout le périmètre de la scène, des tours rapides ou de grands sauts impressionnants, envoûtants, juste avant un dernier grand final.

Recevoir trois étoiles, spirituelle, professionnelle et relationnelle, était inespéré. Peut-être aurai-je la chance d'en découvrir d'autres à l'avenir ?

Le futur est inconnu. Pourtant, une certitude persiste : notre fin. Une sorte de lendemain éternel.

J'imagine que quand le moment arrivera, face à ce départ imminent, vous souhaiterez comme moi refaire un tour de manège en vous rappelant vos plus belles années.

Sauf à déterrer nos souvenirs les plus enfouis, impossible de faire marche arrière… Des regrets ? Forcément quelques-uns. Du bonheur ? Forcément aussi un peu.

Pour certains, le parcours sera peut-être sans tache, sans « faute » commise… mais au prix de quelles aventures manquées, de quels risques jamais pris ? L'expérience se cache dans les tentatives, les erreurs, les essais, les plantages.

N'attendez pas qu'un événement tragique vous percute pour vivre ce dont vous rêvez ! La vie est une opportunité qui ne se reproduira pas, du moins, pas sous cette forme ni sous cette identité.

Dans un cours de vie, comme dans un cours de danse, on essaie, on rature, on recommence, on apprend, on échoue, on réapprend, on grandit, on gagne, on perd, on vibre. Et puis, c'est fini.

Après tout, la vie humaine ne se résume qu'à une courte pause entre deux instants de néant, n'est-ce pas ?

Et s'il existait une autre vision des choses ?

Si, depuis le début, nous avions tort ; si ce n'était pas la fin mais plutôt le commencement ?

Et si toutes ces péripéties ne constituaient qu'un grand brouillon, qu'on s'évertue à remettre sans cesse au propre ? N'y aurait-il pas un moment, pour chacun d'entre nous, pour mettre son œuvre de vie en lumière ?

Dans un cours de danse, dans un cours de vie, une fois terminé, on ne disparaît pas. Au contraire…

On passe entre les mains expertes des habilleurs et habilleuses pour enfiler notre plus beau costume, entre celles des maquilleurs et maquilleuses afin d'avoir la plus belle mine qui soit, puis on traverse ce long couloir sombre qui, quelques mètres plus loin, nous conduit jusqu'en coulisses.

Une fois sur le plateau, plus rien.

Place au silence.

Nos proches sont dans la salle. Des inconnus aussi. Tous ont le souffle coupé. La tension est palpable.

Doucement, les projecteurs crépitent, le rideau se lève.

Émus, tous les regards sont rivés sur cette immense structure de bois.

D'un coup, la musique jaillit.
Et le spectacle commence.

Toutes ces heures de travail, de remise en question et de douleurs sont mises au profit d'une performance exceptionnelle qui donne naissance à une célébration unique. Délivrés de la gravité de la vie, nos corps bénéficient enfin de cet amas d'expériences acquises durant des années nous permettant de tournoyer, de nous déplacer avec légèreté, de virevolter et de nous envoler pour briller aux côtés d'autres étoiles majestueuses.

En astrophysique, les corps célestes s'attirent selon le principe de gravitation. Plus le corps est massif, donc nourri d'expérience, plus fort sera son champ gravitationnel, plus il sera entouré d'étoiles, plus grandiose sera la performance.

À la fin du spectacle, sous des salves d'applaudissements, le rideau se baisse, les lumières s'éteignent. Le public quitte la salle ; mais dans sa mémoire, les étoiles, elles, continuent de briller.

FINAL

Cela se passe de définition.

Il faut accepter d'essayer pour grandir, avant de plonger dans l'obscurité pour rejoindre l'éternité. Rappelons-nous qu'un trou noir ne peut se créer qu'après la disparition d'une étoile massive : seul un astre dont la masse est vingt-cinq fois supérieure à celle du soleil peut donner naissance à un trou noir.

Le noyau de l'étoile, en s'effondrant sur lui-même, entraîne l'expulsion de ses couches externes en une gigantesque supernova. Tout le reste de la matière se concentre en un point minuscule appelé singularité.

Seule cette singularité irradiera partout sur Terre, dans les mémoires, là-haut à tout jamais. Avant de poursuivre son cycle.

Alors malgré la peur, le manque d'envie ou la difficulté à se projeter, préférons le mouvement à la rigidité.

Le mouvement, c'est la vie !

Il évite de se blesser au pied parce qu'on ne peut plus avancer, d'en avoir plein le dos parce qu'on n'en peut plus de courber l'échine, de se prendre un panneau stop sur l'arête du nez, d'avoir mal au « je-nous » parce qu'on ne peut plus articuler son rapport entre soi et les autres, de ne plus pouvoir bouger son bras parce qu'on ne sait pas tendre la main, de perdre ses cordes vocales parce qu'on n'a pas réussi à dire les choses, de développer un cancer des os parce qu'on s'est battu contre soi toute sa vie. Rien n'est pire qu'une charpente poreuse et chancelante quand on essaye de bâtir une existence.

Dans le tourbillon de la vie, ne restons pas dans la masse : c'est en adoptant un comportement unique, qui sera peut-être considéré comme « démesuré » par la société, que l'on obtient des résultats démesurés… une vie démesurée !

Néanmoins, j'ai appris que la démesure sans cadre ne conduit qu'au déséquilibre et au chaos. Cette règle s'applique aussi aux étoiles. Pour atteindre leur équilibre, leur éclat et leur rareté, elles doivent se plier aux principes incontournables et contraignants qui les régissent, c'est-à-dire deux lois : celle de la gravitation, qui tend à compresser le gaz qui compose l'étoile, et celle de la pression thermique de ce gaz, qui tend à le dilater.

Ce chemin étrange et singulier, qui demande le courage d'agir différemment, est plus épineux et incertain mais tellement riche de sens. Unique, comme chacun d'entre nous mérite de l'être.

Tout ce qui est singulier n'est pas commun, et apparaît donc comme étrange aux yeux du monde. Mais rappelez-vous toujours que ce qui est singulier est unique, que ce qui est unique est rare, et que ce qui est rare est précieux…

Même si elle évoluera tout au long de sa vie – puisque tout est mouvement et vibration –, pour s'épanouir dans sa singularité, une âme humaine devra trouver sa place. Dès qu'elle aura accompli ce qu'elle avait à y faire, elle circulera mais ne disparaîtra pas. Le célèbre chimiste Lavoisier le disait : « Rien ne se perd, rien ne se crée, tout se transforme. »

C'est en cela que je crois à l'éternité.

*

Après avoir su naviguer et côtoyer les astéroïdes, les étoiles filantes, les trous noirs, les trous blancs, le vide de l'espace, après en avoir extrait du savoir, les étoiles que nous serons devenus sauront se libérer de leur enveloppe charnelle pour rejoindre les autres étoiles, plus anciennes, chéries par le passé sur terre ou dans le ciel. Les étoiles s'aligneront alors pour former une nouvelle et magnifique constellation, dans un spectacle qui se jouera chaque soir sur la scène des cieux.

Qu'ils soient accoudés à la fenêtre de la Terre, postés sur leur balcon ou allongés dans l'herbe, le nez tourné vers l'immensité du ciel, il y aura toujours des humains pour se remémorer ces âmes inspirantes, ces instants de vie hors normes, et contempler à leur tour, comme nous le faisons aujourd'hui, un sublime spectacle : le ballet des étoiles éternelles.

Révérence

Avant de refermer ce livre, comme à la fin d'un cours de danse classique où l'on remercie le professeur et le pianiste d'une révérence, je souhaite remercier ici certains humains que j'ai eu la chance de côtoyer.

À mes parents et mon frère, que j'aime profondément. Merci de m'avoir donné tant d'amour, de soutien et de confiance en moi, de m'avoir offert de votre temps pour m'aider à grandir.

À mon frère, qui m'inspire par son esprit de résilience. Bravo Thibaut d'avoir eu le courage de partir dans cette mission de vie en Australie en plein Covid et malgré la difficulté, et de t'en être aussi bien sorti. Merci d'être devenu mon super coach et de m'avoir fait bénéficier de tes connaissances, de tes programmes de préparation physique, de tes conseils en nutrition et de tes massages salvateurs ! Merci pour tous nos fous rires, merci d'être aussi libre, merci de m'avoir fait découvrir David Goggins qui a changé ma vie, merci d'être mon fournisseur officiel de mangas qui m'inspirent au quotidien. Merci d'être mon friiiirrr !

Merci papa de m'avoir donné le goût du travail bien fait et de m'avoir inculqué le goût du sport, le goût de l'effort et le goût de la compétition dans le respect de l'autre. J'admire ta détermination à parcourir plus de trois cents kilomètres par semaine à vélo tout en concoctant de délicieux repas, en gérant la comptabilité et les travaux ! Merci de m'avoir ouvert depuis tout petit à l'ésotérisme et d'avoir fait travailler mon imaginaire, en me disant notamment que la Terre n'était peut-être qu'un atome d'une créature beaucoup plus grande, ou alors que l'on était peut-être dans un jeu vidéo contrôlé par des entités plus grandes que nous.

Merci maman de m'avoir enseigné la danse et la rigueur, malgré toutes mes réticences : c'est ce qui m'a permis de devenir l'artiste libre que je suis aujourd'hui. Merci d'avoir pris autant soin de moi quand j'étais malade et de m'avoir remonté le moral à chaque fois que j'allais mal. Merci d'avoir sacrifié avec papa vos nuits de sommeil et bravo pour ces quarante merveilleux galas de danse que tu as imaginés et chorégraphiés avec passion et talent ! Merci de m'avoir transmis le respect des femmes et, comme papa, l'art du don de soi sans rien attendre en retour. Bravo de te battre chaque jour pour avancer malgré les difficultés de la vie.

Mon étoile du matin, merci d'illuminer chaque seconde de ma vie par le trésor étincelant que tu es.

Merci à Linette d'avoir pris autant soin de moi et de mon frère. Tu as toute ma reconnaissance et ma gratitude.

À Masa et Pierre, merci pour votre soutien, merci d'avoir pris du temps pour m'habiller, merci d'avoir toujours cru en moi, merci de m'avoir accompagné dans mes folles aventures et de m'avoir fait relativiser en détournant par l'humour des échéances importantes. Merci pour votre gentillesse et votre générosité, les fwews ! Bravo pour la création de votre superbe marque Timothée Paris.

Merci Ju (Julien Benhamou) d'avoir pris de mes nouvelles quand j'allais mal, merci de m'avoir écouté et soutenu. Merci pour ces fous rires, ces superbes photos, ces projets fous. Merci de m'avoir suivi jusqu'en Ukraine !

Merci Jonty (Jonathan Champelovier) pour la photo et le graphisme de la couverture de ce livre, et bravo pour toutes tes créations !

Merci Rachid Djaïdani d'avoir contribué à me redonner confiance, c'est grâce à toi que j'ai réalisé mes premiers courts-métrages. Merci d'être aussi inspirant par ton travail et de m'avoir transmis ta foi.

Merci à Jean-Christophe Guillaumot, l'ostéopathe qui me soigne divinement bien depuis des années – même à des heures indues. Tu as sauvé beaucoup de mes spectacles en me récupérant boitant et me rendant à la scène bondissant ! Merci pour ta générosité et ton professionnalisme.

Merci Yumi pour les super massages et nos discussions passionnantes.

Merci Nicolas Brunet pour tes conseils de préparation physique qui m'ont permis de mieux performer, notamment le soir de ma nomination d'étoile à l'Opéra.

Merci Nathalie Chauvet de m'avoir si bien soigné toutes ces années et de le faire encore ! Merci d'avoir notamment sauvé mon concours d'entrée dans le corps de ballet en guérissant mon entorse avec une mémorable séance d'ostéopathie.

Merci au docteur Philippe Serrano. Cher Surfin doc, merci d'avoir toujours gardé votre porte ouverte, merci pour votre optimisme et vos excellents diagnostics qui m'ont toujours permis de parfaitement guérir. Merci pour votre humour, vos traits d'esprit, votre puissante et douce voix de baryton ainsi que vos exceptionnelles et inégalables notes au dictaphone qui ont largement contribué à mes guérisons. Merci pour votre disponibilité, votre générosité et votre grande efficacité.

Merci à Sophie Poyer, ma kiné de l'établissement de rééducation Adapt, qui m'a remis sur pied à maintes reprises, toujours dans la bonne humeur et l'efficacité.

Merci docteur Bellaiche pour votre réactivité, votre générosité et vos compétences exceptionnelles. Merci pour tous ces IRM, radios, scanners et arthroscanners d'une précision remarquable. Merci pour vos infiltrations indolores et réparatrices. Merci pour votre temps.

Merci à maître Aguerre de m'accompagner avec efficacité, sympathie et pertinence dans mes projets professionnels.

Merci à Thierry Messonnier et Pauline Gluzman de m'accompagner aussi joyeusement dans toutes mes aventures médiatiques.

Merci à Why and Because pour la composition musicale de mes premiers courts-métrages et pour ces conseils et rencontres toujours très intéressantes !

Merci à Lucas Pernollet de m'avoir présenté Sébastien. Merci pour ton aide, ta sympathie et ta capacité à réunir pour faire phosphorer les esprits !

Merci à Sébastien Carassou de m'avoir éclairé sur l'astrophysique, un champ passionnant. (Je vous invite à regarder sa chaîne YouTube « Sense of Wonder » et à découvrir son livre *Le Cosmos et nous*, Éditions des Équateurs, 2021.)

Merci Gabriel Ben David pour ton aide, tes retours pertinents et peut-être un futur projet commun, qui sait...

Merci à Nicole Chirpaz et à ses équipes de m'accueillir généreusement dans les studios de l'Académie internationale de danse où je passe beaucoup de temps, seul, à m'entraîner et à créer.

Merci Yvan Jeanneret pour ta gentillesse et ta rigueur qui va des chiffres à la passion des arts.

Merci Paul Chabre pour ta bienveillance, ton écoute et tes conseils toujours positifs. Merci de m'avoir fait découvrir Jodorowsky, Dethlefsen et Ameisen, et bravo d'avoir monté, grâce à ton esprit entrepreneurial solide et efficace, la fabuleuse entreprise Burbuja Pizza qui incarne de très belles valeurs. Merci de m'avoir présenté Rémi.

Merci Rémi Durand-Gasselin de m'avoir aidé à améliorer ma conférence et aidé à prendre du recul sur mon parcours professionnel.

Madame A., merci de m'avoir permis d'atteindre mes objectifs. Grâce à vous, j'ai changé de philosophie, j'ai pris de la hauteur, et je me sens bien mieux aujourd'hui.

Merci à Sonia, ma psy, de m'avoir accompagné toutes ces années avec bienveillance et intelligence. Merci de m'avoir aidé à éclairer le vaste et sombre labyrinthe qui me tenait lieu de cerveau. Grâce à vous aussi, je vais bien mieux aujourd'hui.

Merci Alejandro Jodorowsky pour vos films, livres, peintures et vidéos qui m'ont enseigné l'art de prendre du recul, de travailler avec son inconscient et d'accepter les illusions de la vie. Merci d'avoir contribué à me libérer du carcan dans lequel on peut se laisser emprisonner.

Merci à Florence Clerc, Claude de Vulpian, Ghislaine Thesmar, Irek Mukhamedov et Wilfried Romoli de m'avoir transmis avec passion vos conseils et laissé de la liberté en scène quand je dansais encore à l'Opéra.

Sam, malgré nos désaccords et nos divergents points de vue, merci d'avoir mis des mots sur ces mouvements que j'ai essayé de perfectionner chaque jour et de m'avoir fait progresser en danse comme dans la vie. Merci de m'avoir poussé à produire mon premier spectacle en 2015. Merci de m'avoir fait travailler dans ta compagnie et de m'avoir coaché quand j'étais danseur à l'Opéra. Merci de m'avoir accompagné dans les moments difficiles, merci de m'avoir conseillé de bonnes lectures et de m'avoir tant enseigné sur l'art de la négociation juste. Je suis heureux d'avoir pu aiguiser mes réflexions à tes côtés.

Merci enfin du fond du cœur à mon public pour son soutien indéfectible. C'est vous qui me permettez de vivre de mon métier d'artiste.

À mes mentors digitaux et à ceux que je n'ai pas rencontrés :

Merci David Goggins pour toute la force que vous m'avez transmise.

Merci Bob Proctor de m'avoir fait découvrir la loi de l'attraction et la science qui gravite autour.

Merci Mike Horn pour le dépassement perpétuel que vous pratiquez et votre philosophie si singulière sur l'amour de la vie. J'adore cette idée que vous avez développée : « La vie loin de la falaise sera longue mais sans surprise, tandis qu'au bord, elle sera peut-être plus courte mais intense. »

Merci à Thomas Edison d'avoir éclairé le monde et d'avoir essuyé mille échecs avant d'y parvenir ! Voilà une personne qui croyait en ses rêves.

J'ai remercié mes amis et mentors, merci maintenant aux menteurs, à mes détracteurs, aux arrogants. En me montrant comment faire vite et mal, comment tromper, jalouser ou manipuler, vous m'avez fait grandir et m'avez donné la force de ne jamais vous ressembler. J'ai appris à vos côtés que l'on ne pouvait pas sauver quelqu'un tant qu'il se conforte dans un état d'autodestruction et qu'il n'a pas l'intention de se sauver lui-même. Grâce à vous, je suis heureux. Je vous souhaite de retrouver votre chemin de lumière.

Bis

Même si elle est inévitable, je déteste la fin. Alors, comme après un spectacle, j'adore ajouter un rappel.

Quel qu'en soit le prix, le chemin que vous menez vers l'étoile est précieux. Savourez-le, surtout quand il est difficile ; c'est le moment de croissance qui mène au bonheur.

Rappelez-vous, quand vous pensez ne plus avoir la force, le courage ni l'énergie nécessaire pour avancer : prenez simplement un moment pour vous, un moment de rien, un moment de plaisir seul puis avec les personnes qui vous font du bien, respirez, et pensez à tout ce que vous avez déjà accompli sans vous blâmer. Cette nouvelle étape, aussi difficile soit-elle, vous permettra de vous ressourcer pour briller à nouveau.

Pour un regain d'énergie momentané, pensez au regret que vous éprouverez de ne pas avoir au moins essayé. Pensez à ce que votre vous du futur vous conseillerait de faire et écoutez sa sagesse. Surtout, suivez votre intuition… aussi irrationnelle soit-elle. Puis, retournez-y.

Si vous pouvez penser, continuez ! Si vous pouvez respirer, continuez ! Si vous êtes vivant, continuez ! N'abandonnez jamais vos rêves ; vous méritez de briller comme les autres étoiles.

Je vous souhaite une magnifique ascension,

François ***

Table des matières

Cet ouvrage a été réalisé uniquement
à base d'intelligences humaines.

Composition et mise en pages
Nord Compo à Villeneuve-d'Ascq

Imprimé en France par
CPI Brodard & Taupin
en septembre 2024

N° d'édition : 67703/01 – N° d'impression : 3058484